Jorge Luis
Borges

La memoria de Shakespeare

莎士比亚的记忆

沙之书·莎士比亚的记忆

El libro de arena, La memoria de Shakespeare

[阿根廷] 豪尔赫·路易斯·博尔赫斯 著

王永年 陈泉 译

上海译文出版社

目 录

沙之书

3_ 另一个人

15_ 乌尔里卡

23_ 代表大会

51_ 事犹未了

63_ 三十教派

69_ 奇遇之夜

77_ 镜子与面具

83_ 翁德尔

93_ 一个厌倦的人的乌托邦

105_ 贿赂

115_ 阿韦利诺·阿雷东多

123_ 圆盘

127_ 沙之书

135_ 后记

莎士比亚的记忆

*141_* 一九八三年八月二十五日

*151_* 蓝虎

*169_* 帕拉塞尔苏斯的玫瑰

*177_* 莎士比亚的记忆

沙之书

王永年 译

另一个人

事情发生在一九六九年二月，地点是波士顿北面的剑桥。当时我没有立即写出来，因为我第一个想法是要把它忘却，免得说蠢话。如今到了一九七二年，我想如果写出来，别人会把它看作故事，时间一久，我自己或许也会当成是故事。

事情进行时，我觉得不合情理，在此后的失眠的夜晚，越想越不对头。但这并不是说别人听了也会震惊。

那是上午十点钟光景。我坐在查尔斯河边的一条长椅上。右面五百米左右有一座不知什么名称的高层建筑。灰色的河水夹带着长长的冰凌。河流不可避免地使我想到时间的流逝，两千多年前的赫拉克利特的形象。前一天晚上我睡得很好，我认为学生们对我下午的讲课很感兴趣。附近一个人都没有。

我突然觉得当时的情景以前早已有过（心理学家们认为这种印象是疲劳状态）。我的长椅的另一头坐着另一个人。我宁愿独自待着，但不想马上站起来走开，以免使人难堪。另一个人自得其乐地吹起了口哨。那天上午的许多揪心事就从那一刻开始了。他吹的，或者试图吹的口哨（我一向不喜欢充内行），是埃利亚斯·雷古莱斯的《废墟》的当地配乐。乐曲的调子把我带到一个已经消失的院落，想起了多年前去世的阿尔瓦罗·拉菲努尔。接着他念起词句来。那是开头一节十行诗的词句。声音不是拉菲努尔的，但是学拉菲努尔。我惊骇地辨出了相似之处。

我凑过去对他说：

"先生，您是乌拉圭人还是阿根廷人？"

"阿根廷人，不过从一九一四年起我一直住在日内瓦，"他回答道。

静默了好久。我又问他：

"住在马拉纽街十七号，俄国教堂对面？"

他回说不错。

"那么说，"我蛮有把握地说，"您就是豪尔赫·路易斯·博尔赫斯。我也是豪尔赫·路易斯·博尔赫斯。我们目前是一九六九年，在剑桥市。"

"不对，"他用我的声音回答，声音显得有些遥远。

过了片刻，他坚持说：

"我现在在日内瓦，坐在罗纳河边的一条长椅上。奇怪的是我们两个相像，不过您年纪比我大得多，头发也灰白了。"

我回说：

"我可以向你证明我不是瞎说。我可以告诉你陌生人不可能知道的事情。那幢房子里有一个银制的马黛茶罐，底部是盘蛇装饰，是我们的曾祖父从秘鲁带回来的。鞍架上还挂着一个银脸盆。你房间里的柜子摆了两排书。莱恩版三卷本的《一千零一夜》，钢版插图，章与章之间有小号字的注释，基切拉特的拉丁文字典，塔西佗《日耳曼地方志》的拉丁文原版和戈登的英文版，加尼埃尔出版社出的《堂吉诃德》，里韦拉·英达尔特的《血栏板》，扉页上有作者题词，卡莱尔的《成衣匠的改制》，一本《艾米尔传》，还有一册藏在别的书后面的平装本的有关巴尔干民族性风俗的书。我还记得杜博格广场房屋一层楼的傍晚的情景。"

"不是杜博格，是杜福尔，"他纠正说。

"好吧，杜福尔。这些证明还不够吗？"

"不够，"他回道，"这些证明不说明任何问题。如果我在做梦的话，您当然知道我所知道的事情。您长长的清单根本没有用。"

他反驳得有道理。我说：

"如果今天早晨和我们的邂逅都是梦境，我们两人中间的每一个都得认为做梦的是他自己。也许我们已经清醒，也许我们还在做梦。与此同时，我们的责任显然是接受梦境，正如我们已经接受了这个宇宙，承认我们生在这个世界上，能用眼睛看东西，能呼吸一样。"

"假如我们继续做梦呢？"他急切地问道。

为了让他和让我自己安心，我装出绝不存在的镇静。我对他说：

"我的梦已经持续了七十年。说到头，苏醒时每人都会发现自我。我们现在的情况正是这样，只不过我们是两个人罢了。你想不想稍稍了解一下我的过夫，也就是等待着你的未来？"

他不做声，但是点头同意了。我有点颠三倒四地接着说：

"母亲身体硬朗，还在布宜诺斯艾利斯查尔加斯街和马伊普街的老家，不过父亲三十多年前就去世了。死于心脏病。先前中风后半身不遂；左手搁在右手上面，像是孩子软弱无力的手放在巨人的手上。他最后活得不耐烦了，但是从不抱怨。祖母也死在那幢房子里。临终前几天，她把我们都叫到床前，对我们说：'我是个很老的老太婆，大半截已经入土了。这种事太平常了，你们谁都不必大惊小怪。'诺拉，你的妹妹，结了婚，有两个孩子。顺便问一句，家里人怎么样？"

"挺好。父亲还老是取笑宗教信仰。昨晚还说耶稣和高乔人一样，不愿意受牵连，因此总是用寓言传教。"

他迟疑了片刻，问我说：

"您呢？"

"我不知道你写了多少本书，只知道数目太多。你写的诗只讨你自己喜欢，写的短篇小说又太离奇。你还像父亲和我们家族许多别的成员那样讲课。"

使我高兴的是他只字不问我出版的书的成败。我换了口气，接着说：

"至于历史……又有一次大战，交战各方几乎还是那几个国家。法国很快就投降了，英国和美国对一个名叫希特勒的德国独裁者发起一场战役，是滑铁卢战役的重演。一九四六年，布宜诺斯艾利斯又出了一个罗萨斯，和我们那位亲戚很相像。一九五五年，科尔多瓦省挽救了我们，正如恩特雷里奥斯以前挽救过我们一样。现在情况不妙。俄国正在霸占全球；美国迷信民主，下不了当帝国的决心。我们的国家变得越来越土气。既土里土气，又自以为了不起，仿佛没有睁开眼睛看看外面。如果学校里不开拉丁文课程，改教瓜拉尼土语，我也不会感到惊奇。"

我发现他根本不注意听我讲话。对于不可能而又千真万确的事情的恐惧把他吓住了。我没有子女，对这可怜的小伙子感到一种眷恋之情，觉得他比我亲生的儿子还亲切。我见他手里捏着一本书。我问他是什么书。

"费奥多尔·陀思妥耶夫斯基的《邪恶的人》，或者我想是《群魔》吧，"他不无卖弄地回答。

"我印象模糊了。那本书怎么样？"

我话一出口马上觉得问得有些唐突。

"这位俄罗斯大师，"他提出自己的见解说，"比谁都了解斯拉夫民族灵魂的迷宫。"

这一修辞学的企图使我觉得他情绪已经平静。

我问他还浏览过那位大师的什么作品。

他说了两三个书名，包括《双重人格》。

我问他阅读时是否像看约瑟夫·康拉德的作品那样能清晰地区别书中人物，还问他有没有通读全集的打算。

"说实话，没有，"他略感诧异地回答。

我问他在写什么，他说他正在写一本诗，书名打算用《红色的颂歌》。他还想到《红色的旋律》。

"为什么不可以？"我对他说。"你可以援引著名的先例。鲁文·达里奥的蓝色诗集和魏尔兰灰色的《感伤集》。"

他不予理睬，自顾自解释说他的诗集要歌颂全人类的博爱。当代的诗人不能不面对现实。

我陷入沉思，接着问他是不是真的对所有的人有兄弟之情。比如说，对所有的殡仪馆老板，所有的邮递员，所有的潜水员，所有无家可归的人，所有失音的人，等等。他对我说他的集子谈的是被压迫、被遗弃的广大群众。

"你所说的被压迫、被遗弃的广大群众,"我说,"只是一个抽象概念。如果说有人存在,存在的只是个别的人。昨天的人已不是今天的人,某个古希腊人早已断言。我们两个,坐在日内瓦或者剑桥的一张长椅上,也许就是证明。"

除了历史的严格的篇章之外,值得回忆的事实并不需要值得回忆的词句。一个垂死的人会回忆起幼时见过的一张版画,即将投入战斗的士兵谈论的是泥泞的道路或军士长。我们的处境是绝无仅有的,老实说,我们都没有思想准备。我们不可避免地谈起了文学,不过我谈的无非是常向新闻记者们谈的话题。我的另一个我喜欢发明或发现新的隐喻,我喜欢的却是符合隐秘或明显的类比以及我们的想象力已经接受的隐喻:人的衰老和太阳的夕照,梦和生命,时间和水的流逝。我向他提出这个看法,几年后我还要在一本书中加以阐明。

他似乎没有听我说,突然问道:

"如果您做了我,您怎么解释说,您居然忘了一九一八年和一位自称也是博尔赫斯的老先生的邂逅呢?"

我没有考虑过这个难题。我毫无把握地回答:

"我也许会说事情太奇怪了,我试图把它忘掉。"

他怯生生地提了一个问题:

"您的记忆力怎么样?"

我明白,在一个不满二十岁的小伙子眼里,七十多岁的老头和死人相差无几。我回说:

"看来容易忘事,不过该记住的还能记住。我在学盎格鲁-撒克逊文,成绩不是全班级最后一名。"

我们的谈话时间太长,不像是梦境。

我突然想出一个主意。

"我马上可以向你证明你不是和我一起做梦,"我对他说。"仔细听这句诗,你从未见过,可是我背得出。"

我慢条斯理地念出那句著名的诗:

星球鳞片闪闪的躯体形成蜿蜒的宇宙之蛇。

我觉察到他惊讶得几乎在颤抖。我低声重复了一遍,玩味着每个闪闪发亮的字。

"确实如此,"他嗫嚅说。"我怎么也写不出那种诗句。"

诗的作者雨果把我们联结起来。

我回想起先前他曾热切地重复沃尔特·惠特曼的一首短诗，惠特曼在其中回忆了他与人同享的、感到真正幸福的海滩上的一个夜晚。

"如果惠特曼歌唱了那个夜晚，"我评论说，"是因为他有此向往，事实上却没有实现。假如我们看出一首诗表达了某种渴望，而不是叙述一件事实，那首诗就是成功之作。"

他朝我干瞪眼。

"您不了解，"他失声喊道。"惠特曼不能说假话。"

半个世纪的年龄差异并不是平白无故的。我们两人兴趣各异，读过的书又不相同，通过我们的谈话，我明白我们不可能相互理解。我们不能不正视现实，因此对话相当困难。每一个人都是对方漫画式的仿制品。情况很不正常，不能再持续下去了。说服和争论都是白费力气，因为它不可避免的结局是我要成为我自己。

我突然又记起柯尔律治的一个奇想。有人做梦去天国走了一遭，天国给了他一枝花作为证据。他醒来时，那枝花居然还在。

我想出一个类似的办法。

"喂，你身边有没有钱？"我问他。

"有，"他回答说。"我有二十法郎左右。今晚我要请西蒙·吉奇林斯基在鳄鱼咖啡馆聚聚。"

"你对西蒙说，让他在卡卢其行医，救死扶伤……现在把你的钱币给我一枚。"

他掏出三枚银币和几个小钱币。他不明白我的用意，给了我一枚银币。

我递给他一张美国纸币，那些纸币大小一律，面值却有很大差别。他仔细察看。

"不可能，"他嚷道。"钞票上的年份是一九六四年。"

（几个月后，有人告诉我美元上不印年份。）

"这简直是个奇迹，"他终于说。"奇迹使人恐惧。亲眼看到死了四天的拉撒路复活的人也会吓呆的。"

我们一点没有变，我心想。总是引用书上的典故。

他撕碎钞票，收起了那枚银币。

我决定把银币扔到河里。银币扔进银白色的河里，画出一道弧线，然后消失不见，本可以给我的故事增添一个鲜明的形象，但是命运不希望如此。

我回答说超自然的事情如果出现两次就不吓人了。我提出第二天再见面，在两个时代、两个地点的同一条长椅上碰头。

他立即答应了，他没有看表，却说他已经耽误了时间。我们两人都没有说真话，每人都知道对方在撒谎。我对他说有人要找我。

"找您？"他问道。

"不错。等你到了我的年纪，你也会几乎完全失明。你只能看见黄颜色和明暗。你不必担心。逐渐失明并不是悲惨的事情。那像是夏季天黑得很慢。"

我们没有握手便告了别。第二天，我没有去。另一个人也不会去。

我对这次邂逅思考了许多，谁也没有告诉。我认为自己找到了答案。邂逅是确有其事，但是另一个人是在梦中和我谈话，因此可能忘掉我；我是清醒时同他谈话，因此回忆起这件事就使我烦恼。

另一个人梦见了我，但是梦见得不真切。现在我明白他梦见了美元上不可能出现的年份。

乌尔里卡

他把出鞘的格拉姆剑放在两人中间。

《伏尔松萨迦》，二十七

我的故事一定忠于事实，或者至少忠于我个人记忆所及的事实，两者相去无几。事情是前不久发生的，但是我知道舞文弄墨的人喜欢添枝加叶、烘托渲染。我想谈的是我在约克市和乌尔里卡（我不知道她姓什么，也许再也不会知道了）邂逅的经过。时间只包括一个夜晚和一个上午。

我原可以无伤大雅地说，我是在约克市的五修女院初次见到她的（那里彩色玻璃拼镶的长窗气象万千，连克伦威尔时代反对圣像崇拜的人都妥为保护），但事实是我们是在城外的北方旅店的小厅里相识的。当时人不多,她背朝着我。有人端一杯酒给她,她谢绝了。

"我拥护女权运动,"她说。"我不想模仿男人。男人的烟酒叫我讨厌。"

她想用这句话表现自己的机敏,我猜决不是第一次这么说。后来我明白她并不是那样的人,不过我们并不是永远言如其人的。

她说她去参观博物馆时已过了开馆时间,但馆里的人听说她是挪威人,还是放她进去了。

在座有一个人说:

"约克市并不是第一次有挪威人。"

"一点不错,"她说。"英格兰本来是我们的,后来丧失了,如果说人们能有什么而又能丧失的话。"

那时候,我才注意打量她。威廉·布莱克[1]有一句诗谈到婉顺如银、火炽如金的少女,但是乌尔里卡身上却有

---

1 William Blake(1757—1827),英国诗人、版画家。诗作有《诗的素描》《天真之歌》《经验之歌》等。布莱克擅长铜版画,常根据自己所写的诗歌内容制成版画,并曾为但丁等人的作品绘制插图。

婉顺的金。她身材高挑轻盈，冰肌玉骨，眼睛浅灰色。除了容貌之外，给我深刻印象的是她那种恬静而神秘的气质。她动辄嫣然一笑，但笑容却使她更显得冷漠。她一身着黑，这在北部地区比较罕见，因为那里的人总喜欢用鲜艳的颜色给灰暗的环境增添一些欢快。她说的英语清晰准确，稍稍加重了卷舌音。我不善于观察，这些细节是逐渐发现的。

有人给我们作了介绍。我告诉她，我是波哥大安第斯大学的教授。还说我是哥伦比亚人。

她沉思地问我：

"作为哥伦比亚人是什么含义？"

"我不知道，"我说。"那是证明文件的问题。"

"正如我是挪威人一样，"她同意说。

那晚还说什么，我记不清了。第二天，我很早就下楼去餐厅。夜里下过雪，窗外白茫茫的一片，荒山野岭全给盖没。餐厅里没有别人。乌尔里卡招呼我和她同桌坐。她说她喜欢一个人出去散步。

我记起叔本华一句开玩笑的话，搭腔说：

"我也是这样。我们不妨一起出去走走。"

我们踩着新雪,离开了旅店。外面阒无一人。我提出到河下游的雷神门去,有几英里路。我知道自己已经爱上了乌尔里卡;除了她,我不希望同任何人在一起。

我突然听到远处有狼嗥叫。我生平没有听过狼嗥,但是我知道那是狼。乌尔里卡却若无其事。

过一会儿,她仿佛自言自语地说:

"我昨天在约克礼拜堂看到的几把破剑,比奥斯陆博物馆里的大船更使我激动。"

我们的路线是错开的。乌尔里卡当天下午去伦敦,我去爱丁堡。

"德·昆西在伦敦的茫茫人海寻找他的安娜,"乌尔里卡对我说。"我将在牛津街重循他的脚步。"

"德·昆西停止了寻找,"我回说。"我却无休无止,寻找到如今。"

"也许你已经找到她了,"她低声说。

我福至心灵,知道有一件意想不到的事对我来说并不受到禁止,我便吻了她的嘴和眼睛。她温柔而坚定地推开我,然后痛快地说：

"到了雷神门的客栈我就随你摆布。现在我请求你别碰我。还是这样好。"

对于一个上了年纪的独身男人，应许的情爱是已经不存奢望的礼物。这一奇迹当然有权利提出条件。我想起自己在波帕扬的青年时期和得克萨斯一个姑娘，她像乌尔里卡一样白皙苗条，不过拒绝了我的爱情。

我没有自讨没趣问她是不是爱我。我知道自己不是第一个，也不会是最后一个。这次艳遇对我也许是最后一次，对那个光彩照人的、易卜生[1]的坚定信徒却是许多次中间的一次罢了。

我们手挽手继续走去。

"这一切像是梦，"我说。"而我从不梦想。"

"就像神话里的那个国王，"乌尔里卡说。"他在巫师使他睡在猪圈里之前也不做梦。"

---

1 Henrik Johan Ibsen（1828—1906），挪威剧作家，写了《培尔·金特》《社会支柱》《玩偶之家》《国民公敌》等二十六部剧本。《玩偶之家》提出了妇女地位的社会问题。

过一会儿，她又说：

"仔细听。一只鸟快叫了。"

不久我们果然听到了鸟叫。

"这一带的人，"我说，"认为快死的人能未卜先知。"

"那我就是快死的人，"她回说。

我吃惊地瞅着她。

"我们穿树林抄近路吧，"我催促她。"可以快一点到雷神门。"

"树林里太危险，"她说。

我们还是在荒原上行走。

"我希望这一时刻能永远持续下去，"我喃喃地说。

"'永远'这个词是不准男人们说的，"乌尔里卡十分肯定地说。为了冲淡强调的语气，她请我把名字再说一遍，因为第一次没有听清楚。

"哈维尔·奥塔罗拉，"我告诉她。

她试着说一遍，可是不成。我念乌尔里卡这个名字也念不好。

"我还是管你叫西古尔德吧，"她微微一笑说。

"行,我就是西古尔德,"我答道。"那你是布伦希尔特。"[1]

她放慢了脚步。

"你知道那个萨迦的故事吗?"我问道。

"当然啦,"她说。"一个悲惨的故事,后来被德国人用他们的尼伯龙人的传说搞糟了。"

我不想争辩,回说:

"布伦希尔特,你走路的样子像是在床上放一把剑挡开西古尔德。"

我们突然发现客栈已在面前。它同另一家旅店一样也叫北方旅店,并不使我感到意外。

乌尔里卡在楼梯高处朝我嚷道:

"你不是听到了狼嗥吗?英国早已没有狼了。快点上来。"

我到了楼上,发现墙上按威廉·莫里斯[2]风格糊了深红色的壁纸,有水果和禽鸟交织的图案。乌尔里卡先进了房间。

---

1 西古尔德和布伦希尔特,都是北欧传说《伏尔松萨迦》中的人物,订有婚约。《伏尔松萨迦》与日耳曼英雄史诗《尼伯龙根之歌》颇有相似之处。
2 William Morris(1834—1896),英国诗人、小说家,同时也是一位设计师、工艺美术运动改良者,在家具、挂毯、壁纸、布料花纹以及书籍装帧设计的改进上,有很大贡献。

房间幽暗低矮,屋顶是尖塔形的,向两边倾斜。期待中的床铺反映在一面模糊的镜子里,抛光的桃花心木使我想起《圣经》里的镜子。乌尔里卡已经脱掉衣服。她呼唤我的真名字,哈维尔。我觉得外面的雪下得更大了。家具和镜子都不复存在。我们两人中间没有钢剑相隔。时间像沙漏里的沙粒那样流逝。地老天荒的爱情在幽暗中荡漾,我第一次也是最后一次占有了乌尔里卡肉体的形象。

代表大会

他们朝一座高大的城堡走去,看到城墙上有这么几行文字:"我不属于任何人,我属于全世界。你们进来时经过这里,出去时还要经过这里。"

狄德罗:《宿命论者雅克和他的主人》(一七六九年)

我名叫亚历山大·费里。我有幸结识的《大理石雕》的作者说,我的姓名既带光荣的金属,又有伟大的马其顿人的遗风。[1]但是这个掷地有声的威武的名字同写这篇东西的灰溜溜的人并不相似。我现在在圣地亚哥德尔埃斯特罗街的一家旅馆楼上,这里虽说是南城,但已没有南城的特色了。我已经七十多岁,还在教英语,学生为数不多。由于优柔寡断、漫不经心，或者别的原因，我没有结婚，如今还是单身。我并不为孤独感到苦恼，容忍自己和自己的怪癖需要很大努力。我发现自己垂垂老矣，确凿无疑的症状是对新鲜事物不感兴趣，不觉惊异，也许是因为我注意到新鲜事物也不特别新鲜，只有一些微小的变化而已。年轻时，我感怀的是傍晚、郊区和不幸；如今是市中心的早晨和宁静。我不再以哈姆雷特自拟。我加入了保守党和一个象棋俱乐部，经常以旁观者的身份心不在焉地去看看。好奇的人可以在墨西哥街国家图书馆某个幽暗的书架上找到我写的《约翰·威尔金斯的分析语言》，这部作品最好重版，以便修订其中的许多疏漏错误。据说图书馆的新馆长是个文人，从事古文字的研究工作，仿佛现代文字还不够简单似的，他还致力于颂扬一个想象的江湖气十足的布宜诺斯艾利斯。我从不想了解它。我是一八九九年来到这个城市的，只有一次偶然碰上一个江湖哥们或者据说是江湖哥们的人。以后如果有机会，我不妨把那件事写出来。

---

1 费里（Ferri），在拉丁文中作"铁"解，"伟大的马其顿人"指亚历山大大帝。

上文说过，我是单身一人；前几天，一个听我谈起费尔明·埃古伦的邻居告诉我埃古伦已经在埃斯特角去世。

那个人从来不是我的朋友，但是他死去的消息却使我郁郁不乐。我知道自己很孤独；我成了世界上唯一知道代表大会事件的人，再没有谁和我分享那件事的回忆了。如今我是最后一个大会代表。当然，所有的人都是代表，世界上没有一个人不是，但是我的情况和别人不同。这一点我很清楚，它使我和目前以及将来的无数伙伴有所不同。当然，我们在一九〇四年二月七日以最神圣的名义发誓决不泄露代表大会的内情（世界上有没有神圣或非神圣之分？），不过同样确切的是，我现在成了发伪誓的人也是代表大会的一部分。这句话听来费解，不过能引起读者的好奇心。

不管怎么说，我自找的任务不是容易的。我从没有尝试过记叙体裁，连书信式的叙事文章都没有写过，并且更为严重的是，我记录的故事难以置信。由那位不应被遗忘的诗人，《大理石雕》的作者，何塞·费尔南德斯·伊拉拉，来写这篇文章是最合适的了，但是为时已晚。我决不故意歪曲事实，但我预感到懒散和笨拙会使我不止一次地出些差错。

确切的日期无关宏旨。我们只要记住我是一八九九年从我家乡圣菲省来的。我一直没有回去过，尽管布宜诺斯艾利斯对我没有什么吸引力，我已经习惯于这个城市，正如人们习惯于自己的身体或者一种老毛病那样。我不太在乎地预见到自己快死了，因此我得克制离题的脾气，赶紧讲事情的经过。

岁月不能改变我们的本质，如果我们有本质的话；促使我一晚去参加世界代表大会的冲动，正是最初踏进《最后一点钟报》编辑部的冲动。对于一个外省的穷青年来说，记者的职业有点浪漫，正如首都的穷青年认为当一个高乔或者小庄园的雇工会很浪漫一样。当初我想当新闻记者并不感到惭愧，现在却觉得单调乏味。我记得我的同事费尔南德斯·伊拉拉说过，新闻记者写的东西很快就被人忘掉，他的愿望是写传世之作。他已经雕琢（这是通用的动词）出一些完美的十四行诗，后来略加修润，收在《大理石雕》的集子里出版了。

我记不清第一次是怎么听说代表大会的。也许是出纳付给我第一个月工资的那天下午，我为了庆祝布宜诺斯艾利斯接纳了我，邀请伊拉拉一起去吃晚饭。他谢绝了，说是不能不参加代表大会。我立即领会到他谈的不是坐落在一条西班牙人集居的街道尽头的有圆拱顶的漂亮建筑，而是某些更秘密、更重要的事情。人们谈论代表大会时，有的带着明显的讽刺口吻，有的压低了声音，有的显得惊恐或好奇，但我相信大家都一无所知。过了几个星期六之后，伊拉拉邀我同去。他对我说已经办好了必要的手续。

那是晚上十来点钟。伊拉拉在电车里告诉我，预备会议一般在星期六举行，堂亚历山大·格伦科埃也许被我的名字打动，批准了申请。我们走进加斯咖啡馆。大会代表大概有十五或二十个，围坐在一张长桌前；我记不清有没有主席台，后来回忆好像有。反正我立即认出了我从未见过的主席。堂亚历山大是个上了年纪的、道貌岸然的人，前额宽阔，灰色眼睛，红胡子已夹有银白。他老是穿深色的长礼服，常常两手交叠搁在拐杖柄上。他身材高大壮实。左边是个年纪比他轻许多的男人，头发也是红色，红得像火，而格伦科埃先生的胡子却叫人联想起秋天的枫叶。右边是个长脸的小伙子，额头低得出奇，衣着像是花花公子。大家都要了咖啡，有几个要了艾酒。首先引起我注意的是有位妇女在座，在许多男人中间分外突出。长桌另一头有个十来岁的男孩，穿着水手服，过不多久就睡着了。还有一位新教牧师，两个显而易见的犹太人，一个黑人（他像街角上扎堆的闲人那样，脖子围着丝巾，衣服紧裹着身体）。黑人和小孩面前是两杯牛奶可可。其余的人给我印象不深，只记得一位马塞洛·德尔马索先生，特别客气，谈吐文雅，可是以后再也没有见到。我保存着一次会议的照片，拍摄得模糊不清，不准备公布，因为当时的服装、长头发和胡子给与会者一种戏谑的甚至寒酸的神情，使当时的场面显得虚假。任何团体都有创造自己的方言与规矩的倾向；代表大会（它一直给我某种梦幻似的感觉）似乎希望代表们不必急于了解大会的宗旨，甚至不必急于知道同仁的姓名。我很快就明白，我的职责是别提问题，我避免向费尔南德斯·伊拉拉打听，因为问他也不会回答。我每星期六都出席，过了一两个月就懂得规矩了。从第二次会议开始，坐在我旁边的是一位南方铁路公司的工程师，名叫唐纳德·雷恩，后来他教我英语。

堂亚历山大沉默寡言；代表们发言时脸并不对着他，不过我觉得是说给他听的，希望得到他赞同。他只要缓缓做个手势，讨论的题目立刻就改变。我逐渐发现，他左边那个红头发的人名字很怪，叫特威尔。我还记得他脆弱的模样，那是某些身材非常高的人的特点，仿佛他们的高度使他们头晕，便成了弯腰曲背。我记得他手里常常玩弄一个铜的罗盘，有时往桌上一放。一九一四年底，他在一个爱尔兰团队当步兵阵亡。老是坐在右边的是前额很低的小伙子，主席的外甥，费尔明·埃古伦。我不再相信现实主义手法，如果有的话只是虚假的体裁；我喜欢把我逐渐明白的东西痛痛快快一下子抖搂出来。首先，我希望让读者了解我以前的情况：我是一个卡西尔达的穷孩子，小庄园雇工的儿子，来到布宜诺斯艾利斯，突然跻身（我是这样感觉的）于布宜诺斯艾利斯，并且也许是世界的核心。已经过了半个世纪，我仍有当初那种眼花缭乱的感觉，这种感觉以后肯定还会有。

事实俱在，我尽量说得简单一点。主席堂亚历山大·格伦科埃是乌拉圭庄园主，他的农庄和巴西接壤。他父亲是阿伯丁人，上世纪中叶到美洲定居。他带来一百来本书，我敢肯定，堂亚历山大一辈子就只看了这些书。（我之所以提到这些杂七杂八的、目前都在我手头的书，是因为其中一本有我故事的根源。）第一个格伦科埃死后有子女各一，儿子后来就是我们的主席。女儿和埃古伦家的人结了婚，就是费尔明的妈妈。堂亚历山大向往有朝一日当上议员，但是政治领袖们把他拒于乌拉圭代表大会门外。他好不气恼，决定创立另一个范围更广的代表大会。他想起在卡莱尔激情的篇章里读到过那个崇拜神圣的理念的阿纳察西斯·克卢茨的事迹，克卢茨代表三十六个国籍不同的人，以"人类发言人"的名义在巴黎一次集会上发表演说。在他榜样的启发下，堂亚历山大筹划组织一个代表所有国家、所有人的世界代表大会。预备会议中心设在加斯咖啡馆；开幕式用四年时间筹备，在堂亚历山大的庄园举行。堂亚历山大同许多乌拉圭人一样，不拥护阿蒂加斯，但爱布宜诺斯艾利斯，决定代表大会在他的祖国召开。奇怪的是，原定计划精确无比地执行了。

起初我们都领取固定的津贴，但是大家热情很高，费尔南德斯·伊拉拉虽然和我一样穷，放弃了津贴，大家也这么做了。这一措施很有好处，有助于分清良莠；代表人数减少，剩下我们这些忠贞不渝的人。唯一有报酬的职务是秘书，诺拉·厄夫约德没有其他收入，工作又极其繁重。组织包罗全球的机构不是轻易的事。大量信件电报往返联系。秘鲁、丹麦、印度斯坦都有来信支持。有个玻利维亚人来信说，他的国家没有出海口岸，这种可悲的处境应该列为大会首批讨论的议题。

特威尔聪颖睿智，指出大会牵涉到哲学范畴问题。筹备一个代表全人类的大会像是确定柏拉图式原型的数目，而这是数百年来使思想家们一直困惑不解的谜。他建议不必舍近求远，堂亚历山大·格伦科埃可以代表庄园主，还可以代表乌拉圭人、伟大的先驱者、红胡子的人，以及坐在一张大扶手椅上的人。诺拉·厄夫约德是挪威人。她是不是代表女秘书、挪威女人，或者干脆代表所有美丽的女人？一位工程师是不是足以代表所有的工程师，包括新西兰的在内？

我记得那时费尔明插嘴了。

"费里可以代表外国佬，"他哈哈一笑说。

堂亚历山大严肃地瞪他一眼，不慌不忙地说：

"费里先生代表移民们，他们的劳动为国家建设作出贡献。"

费尔明·埃古伦总是和我过不去。他一人兼有好几种高傲的身份：乌拉圭人、本地人、吸引所有女人的人、衣着华贵的人、带有巴斯克血统的人，巴斯克人处于历史之外，除了挤牛奶，什么事都不干。[1]

一件微不足道的小事更加深了我们的敌意。一次会议之后，埃古伦提议去胡宁街逛逛。我对这个主意不感兴趣，但为了免得他取笑，还是同意了。同去的还有费尔南德斯·伊拉拉。我们从咖啡馆出去时，迎面过来一个彪形大汉。埃古伦可能有点醉意，推了他一下。那人挡住我们的去路说：

"谁想过去先得问问我手里这把匕首。"

我还记得幽暗的门厅里那把匕首的寒光。埃古伦吓得后退几步。我也不知所措，但我的愤恨压倒了惊吓。我伸手去摸腰带，仿佛掏武器的样子，声音坚定地说：

"这种事情我们到外面去干。"

陌生人口气一变：

"我喜欢的就是这种男子汉。我只是想掂掂你们的分量，朋友。"

---

1 巴斯克，西班牙和法国边境比利牛斯山脉附近的地区，当地居民不喜与外界接触，保存自己的风俗习惯和语言。西班牙文中"巴斯克"和"母牛"谐音，因此作者联想到母牛和牛奶。

这时他笑得很亲切。

"交朋友就得害你破费啦,"我对他说,一起出了咖啡馆。

那个拔刀相见的汉子进了一家妓院。我后来听说他名叫塔比亚,或者帕雷德斯[1],或者类似的名字,专爱寻衅闹事。伊拉拉一直不动声色,到了人行道上,他拍拍我的肩膀,赞许说:

"三个人中间有个火枪手。好样的,达达尼昂[2]!"

费尔明·埃古伦由于我目睹了他的怯懦,一直耿耿于怀。

我觉得故事正文仅仅是现在才开始。前面的篇章只记录了偶然性或者命运所要求的条件,以便烘托一件难以置信的事,也许是我生平遇到的最奇怪的事。堂亚历山大·格伦科埃始终是策划的中心,但是我们逐渐不无惊讶地发现真正的主席是特威尔。这个红胡子的怪人恭维格伦科埃,甚至恭维费尔明·埃古伦,但恭维的方式十分夸张,以至于显得像是嘲笑,无损于他的尊严。格伦科埃为他的巨大家产自豪,特威尔摸透了他的脾气,知道让他批准一项计划时只要暗示说计划费用很大,就能通过。我觉得代表大会最初只有一个空

---

[1] "塔比亚"(Tapia)和"帕雷德斯"(Paredes)在西班牙文中意为"围墙"和"墙壁"。
[2] 法国小说家大仲马《三个火枪手》里的人物。

架子，特威尔建议不断扩充，堂亚历山大无不同意。他好像处在一个不断伸展的圆圈中心，周边无限扩大，越离越远。比如说，他宣称代表大会不能没有一批参考用书；在书店工作的尼伦斯坦便经常为我们采购胡斯托·帕塞斯的地图和各种各样篇幅浩瀚的百科全书，从普林尼的《自然史》和布维的《通鉴》[1]到那些愉快的迷宫（这是费尔南德斯·伊拉拉的说法），包括法兰西百科全书派[2]、大不列颠百科派、皮埃尔·拉鲁斯[3]、拉尔森、蒙坦纳和西蒙编写的巨著。我记得我怀着崇敬的心情抚摩一套绢面的中国百科全书，那些笔力遒劲的版印文字比豹皮的花纹更神秘。我当时还不知道它们的遭遇，因此自然没有惋惜之情。

堂亚历山大对费尔南德斯·伊拉拉和我特别亲热，也许因为只有我们两人不想奉承他。他邀请我们去喀里多尼亚庄

---

[1] 指《人类拯救通鉴》，亦称《穷人的圣经》，用连环画形式叙述《圣经》故事，每帧图画附有拉丁韵文解释，12世纪有手抄本流行，1462年刊印成书。
[2] 指18世纪法国启蒙思想家于编纂总三十五卷《百科全书》的过程中以狄德罗和达朗贝尔为核心形成的学术派别，对法国资产阶级大革命有重要影响。
[3] Pierre Larousse（1817—1875），法国词典编纂者，编纂出版了十五卷《十九世纪百科大词典》。

园去住几天，泥水匠们已经在那里开工。

经过溯流而上长时间的航行，又换乘木筏，我们在拂晓时到达河对岸。然后我们在寒酸的杂货铺里过夜，在黑山地区通过许多栅栏。我们兼程行进，这里的田野比我出生的小庄园要辽阔荒凉得多。

我至今还保存着我对庄园的两种印象：一是我预先的想象，二是我终于亲眼目睹的情况。我仿佛做梦一样荒唐地想象出圣菲平原和阿瓜斯科连特斯宫殿的不可能的组合；事实上喀里多尼亚庄园只是一座长形土坯房子，尖塔形的茅草屋顶，砖砌的长廊。建筑十分坚固，经得住长期的风吹日晒。墙壁几乎有一巴拉[1]厚，门很宽大。谁都没有想到在周围种些树木。从早到晚没有一丝荫翳。牲口圈是石砌的；牛很多，但都瘦骨嶙峋；马匹也缺少照料，乱蓬蓬的尾巴拖到地面。我第一次尝到新宰牛肉的滋味。庄园里的主食是城里运来的硬饼干；几天后，我听工头说他一辈子没有吃过新鲜面包。伊拉拉问厕所在什么地方；堂亚历山大用手一挥，指向广阔

---

1 西班牙和拉丁美洲长度单位，1巴拉约合0.836米。

的田野。夜里月光如水,我到外面走走,撞见伊拉拉在解手,附近还有一只鸵鸟好奇地窥视。

晚上气温也不见下降,热得难以忍受,大家都盼望凉快。房间很多,但是低矮,空荡荡的没有什么陈设;我们住的是一个朝南房间,有两张小床,一个柜子,洗脸盆和盛水罐是银的。泥土地没有铺砖或木板。

第二天,我在图书室里发现了卡莱尔的书,便寻找那篇专谈人类发言人阿纳察西斯·克卢茨的文章,正是他把我引到那个早晨和那个荒凉的地方。早餐和晚餐一样,吃完后,堂亚历山大带领我们去看看庄园的工作情况。我们在空旷的平原骑马跑了一里格路。伊拉拉骑马莽撞,出了一点小事故,工头毫无笑容地评论说:

"那个布宜诺斯艾利斯人下马的功夫倒不坏。"

我们打老远就望见那项工程。二十来个人已建起一个残缺的阶梯剧场似的东西。门廊和脚手架中间还露出空白的天空。

我不止一次想同那些高乔人攀谈,但是白费心思。他们似乎知道他们和别人不一样。他们自己交谈时,用一种带鼻音的巴西化的西班牙语,言语不多。他们的脉管里显然有印第安和黑人的血液。他们身材矮小精壮;在喀里多尼亚庄园,我算得上高大了,以前从没有遇到这种情况。几乎所有的人都用围腰布,个别一两个人穿灯笼裤。他们和埃尔南德斯[1]或者拉斐尔·奥布利加多[2]笔下的忧郁的人物很不一样,或者没有共同之处。星期六在酒精的刺激下,他们很容易动武。庄园里没有女人,我从没有听到吉他的乐声。

比这一带的人更使我感兴趣的是堂亚历山大的彻底改变。他在布宜诺斯艾利斯是个和蔼谨慎的老先生;在喀里多尼亚却成了一个严厉的族长,像是大家的长辈。星期日上午,他给雇工们朗读《圣经》,尽管他们一点也听不懂。一天晚上,工头(一个接替他父亲的青年人)来报告我们说有个临时工和雇工在拼刀子。堂亚历山大不慌不忙地站起来。他到了有不少人围观的圈子,掏出身边经常携带的匕首交给那个哆哆嗦嗦的工头,站到那两把寒光闪闪的刀子中间。然后我听到

---

[1] Miguel Hernández(1910—1942),西班牙诗人。
[2] Rafael Obligado(1851—1920),阿根廷诗人,以描写阿根廷潘帕斯草原风光和高乔人生活著称。

他命令说：

"把刀放下，孩子们。"

然后用同样平静的声调又说：

"现在你们两个握握手，规规矩矩的。我这里不准胡闹。"

两个人服从了。第二天，我听说堂亚历山大辞退了工头。

我感到孤寂向我逼来。我怕再也回不了布宜诺斯艾利斯。不知道费尔南德斯·伊拉拉是不是也有这种恐惧，但是我们常谈到阿根廷，谈我们回去之后想做些什么。我怀念九月十一日广场附近胡胡伊街一座建筑门口的狮子塑像，怀念我不常去的一家杂货铺的灯光。我骑术相当好，时常骑马出去，跑许多路。我还记得我常骑的白花黑马，现在多半已死了。某个下午或者某天夜晚，我或许到过巴西，因为边境只是一道有界石的线。

我学会了不再计算日子，一天晚上，堂亚历山大突然通知我们：

"我们早些睡。明天一早趁凉快动身。"

回到河下游之后，我感到高兴，想起喀里多尼亚庄园居然有点亲切。

我们恢复了每星期六的会议。春天的一次会上，特威尔要求发言。他以惯用的华丽辞藻说世界代表大会的图书馆不能只限于收集工具参考书，世界各国、各种语言的古典作品是真正的历史见证，我们如果忽视就太危险了。他的发言当场通过，费尔南德斯·伊拉拉和身为拉丁文教授的克鲁斯博士承担了挑选必要书目的任务。特威尔已经和尼伦斯坦谈过这件事。

在那个时代，巴黎城是每个阿根廷人的乌托邦。我们中间最想去巴黎的或许是费尔明·埃古伦，其次是费尔南德斯·伊拉拉，他们的动机却不一样。对于《大理石雕》诗集的作者来说，巴黎就是魏尔兰和勒孔特·德·李勒[1]；对于埃古伦说来，巴黎是胡宁街高档的延伸。我觉得埃古伦同特威尔取得了默契。特威尔在另一次会议上提出大会代表应该用哪一种工作语言，并且建议派两名代表分赴伦敦和巴黎了解背景。为了装得不偏不倚，他先提我，略经迟疑后又提他的朋友埃古伦。堂亚历山大一如既往地同意了。

---

[1] Leconte de Lisle（1818—1894），法国象征主义文学前驱帕尔纳斯派诗人的代表人物，著有《古代诗篇》《蛮族诗集》《悲剧诗》等。

我想上文已经说过雷恩开始教我浩如烟海的英文，作为我教他意大利语的交换。他尽可能略去语法和为初学者准备的句型，直接进入形式要求简练的诗歌。我最初同那以后充实我一生的文字的接触，是斯蒂文森[1]精彩的小诗《墓志铭》，然后是帕西[2]用以揭示庄重的十八世纪的民谣。我去伦敦前不久读了斯温伯恩光彩夺目的诗篇，它们使我像犯了过错似的对伊拉拉的英雄体诗是否卓越产生了怀疑。

我是一九〇二年一月初到伦敦的，我记得雪花飘落在脸上的爱抚感，我以前没有见过雪，因此特别高兴。幸好我没有同埃古伦一起旅行。我住在不列颠博物馆后面一家便宜的小客店，每天上下午都去博物馆附属的图书室，寻找适合世界代表大会使用的语言。我没有忽略世界性的语言，我涉猎了世界语[3]和沃拉普克[4]，《情感历法》杂志把前者称为"平等、

---

1 Robert Louis Stevenson（1850—1894），苏格兰小说家、诗人和旅行作家。斯蒂文森自撰的《墓志铭》是首短诗，把死譬为水手远航归来，文笔清新。
2 Thomas Percy（1729—1811），英国诗人，研究早期英语，编纂《英诗辑古》三卷，收集了英格兰、苏格兰民谣一百七十六首。
3 又称希望语（Esperanto），波兰医生柴门霍夫于1887年发表的国际辅助语言方案。
4 德国牧师施莱尔于1879至1880年间创制的国际语言，目前几乎无人使用。

简单、经济"语言，后者试图探索语言的各种可能性，动词一概变格，名词一概变位。我权衡了重新启用拉丁语的正反两种意见，人们对拉丁语的眷恋多少世纪以来一直未衰。我也研究了约翰·威尔金斯的分析语言，这种语言从组成每个词的字母上就能看出词的意义。正是在阅览室敞亮的圆拱顶下，我认识了贝雅特丽齐。

本文是世界代表大会的简史，不是我亚历山大·费里的故事，不过前者包括了我和其他所有人的遭遇。贝雅特丽齐亭亭玉立，眉清目秀，橙黄色的头发经常在我记忆中浮现，不像歪门邪道的特威尔的红头发那样永远不会叫我想起。贝雅特丽齐当时不满二十岁。她从北方的一个郡来伦敦的大学文科学习。她出身和我一样低微。在布宜诺斯艾利斯，意大利血统仿佛不很光彩；我发现伦敦却有不少人认为意大利血统有些浪漫的意味。没过几个下午，我们便成了一对情人；我向她求婚，但是贝雅特丽齐·弗罗斯特和诺拉·厄夫约德一样，是易卜生的忠实信徒，不愿和任何人束缚在一起。她嘴里说出的一个词是我不敢启齿的。啊，夜晚，分享的温馨朦胧，像隐秘的小河一样悄悄流淌的情爱；啊，两人合而为一的幸福时刻，纯洁真挚的幸福；啊，欲仙欲死然后陷入睡梦的结合；啊，晨光熹微，我凝视着她的时刻。

在巴西凄清的边境，我时有思乡之情；伦敦红色的迷宫给了我许多东西，我毫无那种感觉。尽管我找出种种借口拖延归去的日期，年终时不得不回去。我和贝雅特丽齐一起过圣诞节。我答应她堂亚历山大会邀请她参加代表大会；她含糊地回答说她喜欢去南半球看看，她有个表哥是牙医，已在澳大利亚塔斯马尼亚定居。贝雅特丽齐不想看到轮船；她认为离别是一种强调，是不明智的庆祝不幸的行动，而她讨厌强调。我们便在上一个冬天相识的图书室告别。我是个怯懦的人，我没有把通讯地址留给她，以免等候信件的焦急。

我一向认为回去的路程比来时短一些，但是横渡大西洋的航程充满了回忆和忧虑，显得很长很长。我想到贝雅特丽齐的生活分分秒秒、日日夜夜和我的生活齐头并进，觉得非常伤心。我写了一封厚厚的信，离开蒙得维的亚时又把它撕毁了。我星期四回到祖国，伊拉拉在码头上迎接。我回到我在智利街的老住处；星期四、五两天，我们一直散步聊天。我想重新熟悉暌违一年的布宜诺斯艾利斯。我听说费尔明·埃古伦还赖在巴黎，觉得松了一口气；我比他早回来，多少减轻了我长时间淹留国外的内疚。

伊拉拉情绪低落。费尔明在欧洲大肆挥霍，不止一次地违抗叫他立即回国的指令。这也是始料所及的。使我更为不安的是别的消息；特威尔不顾伊拉拉和克鲁斯反对，抬出了小普林尼的"开卷有益"的名言，说是再坏的书也有可取之处，他建议不分青红皂白地收购《新闻报》的合订本，买了三千四百册各种版本的《堂吉诃德》、巴尔梅斯[1]的书信、大学论文、账册、简报和剧院的节目单。他早说过一切都是历史的见证。尼伦斯坦支持他；经过三个星期六的"热烈讨论"，堂亚历山大批准了建议。诺拉·厄夫约德辞去了秘书职务；接替她的是一个新成员卡林斯基，也是特威尔的工具。堂亚历山大的邸宅的后屋和地窖如今堆满了大包小包的书籍表册，既无目录，又无卡片。七月初，伊拉拉去喀里多尼亚庄园住了一星期，泥水匠们已经停工。问起时，工头解释说

---

[1] Jaime Balmes（1810—1848），西班牙长老会教士、哲学家，著有《应用逻辑学手册》和《欧洲文化中新教教义与天主教教义比较》等。

这是主人的吩咐,现在日子闲得无法打发。

我在伦敦时已写好一个报告,现在不值一提;星期五,我去拜访堂亚历山大,并且把报告交给他。费尔南德斯·伊拉拉陪我同去。下午风很大,往屋里灌。阿尔西纳街的大门前停着一辆三套马车。人们弯腰扛包,往最深的一个院子里卸货;特威尔指手画脚地在指挥。在场的还有诺拉·厄夫约德、尼伦斯坦、克鲁斯、唐纳德·雷恩和另外一两个代表,仿佛预感有什么事要发生。诺拉和我拥抱亲吻,使我回想到别的拥抱和亲吻。那个黑人代表乐呵呵的,吻了我的手。

一个房间里方形的地板门已经打开,土坯的梯级通向黑洞洞的地窖。

我们突然听到了脚步声。

我没有见人就知道是堂亚历山大。他几乎是跑步来的。

他的声音同平常大不一样;不是那个主持星期六例会的不紧不慢的老先生,也不是那个阻止持刀决斗、向高乔人宣讲上帝言行的封建庄园主,倒像是上帝的声音。

他谁都不瞧,命令说:

"把地窖下面堆的东西都搬出来。一本书也不留。"

这件事几乎花了一小时才完成。我们在泥地院子里堆成一座很高很高的小山。大家来往搬运,唯一不动窝的是堂亚历山大。

他接着又下一道命令:

"现在把这些大包小包点火烧掉。"

特威尔脸色煞白。尼伦斯坦好不容易才咕咕哝哝地说出一句话:

"我尽心竭力选购了这些宝贵的工具书,世界代表大会不能没有它们呀。"

"世界代表大会?"堂亚历山大说。他嘲讽地哈哈大笑,我从来没有听他笑过。

破坏之中含有一种神秘的快感;火焰劈啪作响,亮得炫目,我们都贴着墙站,或者躲在屋子里。到了晚上,院子剩下一堆灰烬和烧焦的气味。一些没有烧着的书页在泥地上显得很白。青年妇女对老年男人常有一种爱慕,诺拉·厄夫约德对堂亚历山大也怀着这种感情,她不理解地说:

"堂亚历山大知道自己做什么。"

文绉绉的伊拉拉找了一句话:

"每隔几个世纪就得焚毁亚历山大城的图书馆[1]。"

这时候,堂亚历山大吐露了他的心思:

"我现在要对你们说的话是我经过四年才领悟出来的。我现在明白,我们进行的事业是把全世界包括在内的庞大的事业。不是几个在偏僻庄园的棚屋胡说八道的、说大话的人。世界代表大会从有世界以来的第一刻起就开始,等我们化为尘土之后它还会继续。它是无处不在的。代表大会就是我们刚才烧掉的书籍。代表大会就是击败恺撒军团的喀里多尼亚人。代表大会就是粪土堆里的约伯[2]、十字架上的基督。代表大会就是那个把我的财产挥霍在婊子身上的、没出息的小子。"

这时我忍不住插嘴说:

"堂亚历山大,我也有过错。我这份报告早已写好,但我

---

1 亚历山大城,埃及地中海沿岸港口城市,由马其顿亚历山大大帝于公元前331年建立。城内曾有世界上最大的图书馆,公元前47年被恺撒的军队焚毁过半,后重建,又屡被毁,公元391年又遭火灾。
2 据《圣经·旧约·约伯记》载,上帝为了考验约伯,允许撒旦祸害约伯,搞得他家破人亡,从脚掌到头顶长满毒疮,坐在炉灰里用瓦片刮身体,但约伯不变初衷。

为了一个女人的爱情仍旧赖在英国乱花您的钱。"

堂亚历山大接着说：

"我已经料到了，费里。代表大会就是我的牛群。代表大会就是我已经卖掉的牛群和那些已经不属于我的土地。"

人群中响起一个惊愕的声音，是特威尔：

"您是说您已经卖掉了喀里多尼亚庄园？"

堂亚历山大不慌不忙地回答：

"不错，我卖了。如今我一寸土地也不剩了，但我并不为我的破产而悲痛，因为我弄懂了一件事。我们也许不会再见面了，因为代表大会不需要我们，不过在这最后一晚，我们一起出去看看代表大会。"

他陶醉在胜利之中。他的坚定和信仰感染了我们。谁都不认为他神经错乱。

我们在广场坐上一辆敞篷马车。我坐在车夫旁边的位置，堂亚历山大吩咐说：

"师傅，我们去城里逛逛。随你拉我们到什么地方。"

那个黑人坐在脚踏板上，不停地微笑。我不知道他是否明白。

词句是要求引起共同回忆的符号。我现在想叙述的只是我个人的回忆，与我共享的人都已作古。神秘主义者往往借助于一朵玫瑰、一个吻、一只代表所有鸟的鸟、一个代表所有星辰和太阳的太阳、一坛葡萄酒、一个花园或者一次性行为。这些隐喻都不能帮助我记叙那个欢乐的长夜，我们那晚一直闹到东方发白，虽然疲惫，但感到幸福。车轮和马蹄在石子地上发出回响，我们几乎不交谈。天亮前，我们来到一条幽暗的小河畔，也许是马尔多纳多河，也许是里亚楚艾洛河，诺拉·厄夫约德高亢的嗓子唱了帕特里克·斯彭斯民谣[1]，堂亚历山大则用低沉的声音走调地唱了几句。英语的词句并没有使我想起贝雅特丽齐的模样。特威尔在我背后喃喃说：

"我原想干坏事，却干了好事。"

我们隐约看到的东西一直留在我记忆之中——拉雷科莱塔[2]的粉墙、监狱的黄墙、两个男人在街角跳舞、有铁栏杆的

---

1 即著名的苏格兰民谣《帕特里克·斯彭斯先生》。斯彭斯是苏格兰英雄，远征挪威，归国途中船只遇险，无一幸存。
2 布宜诺斯艾利斯东北部的墓园。

棋盘格地面的门厅、火车的栏木、我的住所、一个市场、深不可测的潮湿的夜晚——但是这些转瞬即逝的东西也许是别的,都不重要。重要的是我们感觉到我们的计划(我们不止一次地拿它当取笑的话题)确实秘密地存在过,那计划就是全宇宙,就是我们。多少年来,我不存指望地寻找那个晚上的情趣;有时候我以为在音乐、在爱情、在模糊的回忆中捕捉到了,但除了一天凌晨在梦中之外,那种情趣从未回来过。当我们大家发誓决不向任何人提起时,已是星期六的早晨。

除了伊拉拉之外,我再也没有见到他们。我们从不评论这段往事,我们的语言都将是亵渎。一九一四年,堂亚历山大·格伦科埃去世,葬在蒙得维的亚。伊拉拉已于去年逝世。

我有一次在利马街遇到尼伦斯坦,我们假装没看见。

事犹未了

怀念霍华德·菲·洛夫克拉夫特[1]

当我在奥斯汀[2]得克萨斯大学准备最后一门课程的考试时,接到了我叔父埃德温·阿尔内特在美洲大陆边陲因动脉瘤破裂而去世的消息。我当时的感觉同人们失去亲人时的感觉一样:追悔没有趁他们在世时待他们更好些,现在悲痛也没用了。人们往往忘记只有死去的人才能和死人交谈。我学的是哲学;想当初在洛马斯附近的那幢红房子里,我叔父不用任何专门名词就能向我阐明他那些美妙而深奥的学问。他拿一个饭后吃的橙子向我讲述贝克莱的唯心主义,用象棋棋盘解释伊利亚学派的悖论。几年后,他把欣顿的论文集借给我看，欣顿试图证实空间的第四维度，读者用各种颜色的正方体摆出复杂的图形，就能领悟其中奥妙。我忘不了我们在书房地板上堆砌的棱柱体和角锥体。

我的叔父是铁路工程师。早在退休之前，他已决定在图尔德拉安家，那地方既有荒僻的野趣又有靠近布宜诺斯艾利斯的便利。他和建筑师亚历山大·缪尔两人成了好朋友是毫不奇怪的。这个古板的人信奉诺克斯[3]古板的教义；我的叔父和当时几乎所有的绅士们一样，是个自由思想家，说得更确切些，是个不可知论者，但他对神学很感兴趣，正如他对欣顿虚假的正方体或者年轻的威尔斯编造巧妙的梦魇很感兴趣一样。他喜欢狗，豢养了一条大牧羊犬，给它起名为塞缪尔·约翰逊[4]，纪念他遥远的家乡利奇菲尔德。

红房子坐落在一个小山冈上，西南是一片低洼地。另一

---

1 Howard Phillips Lovecraft（1890—1937），美国作家，擅长改写各种神话故事。
2 美国得克萨斯州首府。
3 John Knox（1505—1572），苏格兰宗教改革家，长老会创始人之一。
4 Samuel Johnson（1709—1784），出生于英国斯塔福德郡利奇菲尔德，作家、文学批评家。编纂《英语词典》，编注《莎士比亚戏剧集》，作品包括散文、哲理诗、讽刺文、悲剧、小说、评论等。

面栅栏外的南美杉并没有减轻压抑的气氛。屋顶不是平的，而是石板铺的双坡形，还有一个方形的钟楼，把墙壁和为数不多的窗户压得仿佛喘不过气来。我从小就接受了那些丑陋的东西，世界上本来就有许多格格不入的事物为了共存而不得不相互接受。

我是一九二一年回国的。叔父去世后，家人为了避免纠纷拍卖了那幢房屋；买主是个外乡人，马克斯·普里托里乌斯，他以加倍的价格排挤掉出价最高的竞拍者，买下了房子。契约文书签好后，傍晚他带了两个助手把房子里的全部家具、书籍和器皿统统扔到牛马道附近的垃圾倾倒场里。（我悲哀地想起欣顿书里的示意图和那个大地球仪。）过了一天，马克斯去找缪尔，请他对房子作一些修缮，缪尔愤怒地回绝了。后来，首都的一家公司接下装修工程。当地的木工们拒绝打制房子里的新家具，格鲁的一个名叫马里亚尼的木工最终接受了普里托里乌斯提出的条件。他夜里关起门干活，足足干了半个月。新住户也是在夜里搬进去的。那幢房子的窗户再也没有开过，夜里只有门窗缝透出一些亮光。一天早晨，送牛奶的人发现牧羊犬死在人行道上，脑袋给砍了，肢体残缺不全。冬天来到时，那些南美杉也给砍光。此后，谁也没有见过普里托里乌斯，他仿佛离开了这个国家。

可以料想，这些消息使我深感不安。我了解自己最大的特点是好奇，正由于这个特点，我曾同一个完全陌生的女人结合，只是为了想知道她是谁，是怎么样的人，我还尝试了吸食鸦片（幸好没有严重后果），探索数学的超限数，进行我即将谈到的不寻常的冒险。我义无反顾地决定调查事情真相。

我采取的第一个步骤是去看亚历山大·缪尔。在我印象里，他身板挺直，皮肤黝黑，瘦削而有力；如今上了年纪，腰有些弯，黑胡子变得灰白。他在坦珀利的住家接见了我，那幢房子自然和我叔父的房子相似，因为他们两人都信奉那位优秀的诗人、但不太高明的建筑师威廉·莫里斯的准则。

我们谈话不多，苏格兰纹章上有刺蓟图形不是平白无故的[1]。但我直觉地感到，沏得很酽的锡兰红茶和一大盘烤饼

---

[1] 刺蓟有时指不好打交道的人。

（我的主人把我当成孩子似的替我切开饼，抹了厚厚一层黄油）实际是他招待朋友的侄子的一顿加尔文教派俭朴的家宴。他和我叔父在神学方面的争论像是漫长的棋局，每一方都要求对方的合作才能继续。

时间分分秒秒地过去，我还没有切入正题。一阵难堪的沉默，缪尔开口了。

"小伙子，"他说，"你老远跑来，不见得是同我谈埃德温和我不感兴趣的美国的吧。让你睡不安稳的是红房子的拍卖和那个古怪的买主。我也一样。老实说，那件事让我不高兴，但我只能把我知道的事情告诉你。我知道的也不多。"

他不慌不忙地接着说：

"埃德温去世前，地方官召我到他的办公室。教区牧师也在场。他们提出让我设计一座天主教教堂，允诺给我重酬。我当场回绝说不行。我信奉耶稣基督，不能修建供奉偶像的祭坛，干那种令人厌恶的事。"

他住口了。

"就这些？"我壮起胆子问道。

"不,还有。那个犹太崽子普里托里乌斯要我毁掉我原先的作品,另搞一个骇人听闻的东西。林子大了什么鸟都有。"

他神情严肃地说了这些话,起身送客。

我从他家里出来,在街角迎面遇上达尼埃尔·伊韦拉。小城镇里大家都熟。他邀我在街上逛逛。我对光棍无赖一向没有好感,估计他会对我讲一大串不足凭信的、在酒店里听来的下流事情,但我勉强同意了。天色已黑。望见几个街区外小山冈上的红房子时,伊韦拉赶紧避开。我问他为什么。他的回答出乎我意料。

"我在堂费利佩手下帮闲。谁都没有说过我是胆小鬼。你大概还记得有个姓乌尔戈蒂的家伙从梅尔拉来找我麻烦,落了个什么下场。听我说。有一晚,我喝了酒回家,离红房子百来米的时候看到了什么。我那匹花马惊跳起来,若不是我勒住,拐进一条小巷,这会儿我也许不在这里同你说话了。我见到的东西可不是玩的。"

他心有余悸,脱口说了一句脏话。

那晚我失眠了。天快亮时,我迷迷糊糊睡去,却梦见一幅迷宫的铜版画,带有皮拉内西[1]风格,我以前从未见过,或者见过又忘了。那是一座柏树环抱的石砌的阶梯剧场,剧场高出树冠,没有门窗,只有一排密密麻麻的垂直的细缝。我借助放大镜想看看牛头人身怪。终于看到了。那是一头怪物的怪物,不像公牛却像野牛,它的人身躺在地上,仿佛在睡梦中。它梦见了什么,梦见了谁?

那天下午,我走过红房子前面。铁栅栏大门关着,有几根铁条已经扭曲。昔日的花园杂草丛生。右侧有一道浅沟,沟边脚印凌乱。

我还有一步棋可走,拖延了几天,迟迟没有付诸行动,不但因为我认为那一步毫无用处,而且因为它将把我带向不可避免的最后的结局。

我不抱太大希望地前去格鲁。木工马里亚尼是个肥胖的意大利人,皮肤泛红,上了年纪,十分热情而粗俗。我递给他一张名片,他夸张地大声拼出每一个字,拼到"博士"时肃然起敬地愣了一下。我对他说我很想了解他替我叔父以前

---

[1] Giovanni Battista Piranesi(1720—1778),意大利建筑师、版画家。

在图尔德拉的房子打制的家具。那人滔滔不绝地说了起来,边说边做手势。我不打算复述那些话,但有一点不得不提:他声称不论客户的要求如何荒诞,他的信条是尽力满足。他分毫不差地完成了委托。他在抽屉里翻了一通,找出几份文件,上面有那个不知去向的普里托里乌斯的签名,我却看不明白。(他显然以为我是律师。)我告辞时,他向我吐露说,即使给他世上所有的金钱,他也不去图尔德拉,更不会进那座房子。他接着又说,客户是上帝,但以他的愚见,普里托里乌斯头脑有病。话一出口,他觉得后悔。我从他嘴里再也套不出别的东西了。

我已经预料到会有那类挫折,但预料是一回事,实际发生的是另一回事。

我一再对自己说时间是一条由过去、现在、将来、永恒和永不组成的无穷无尽的经线,没有什么东西比时间更难以捉摸的了。那些深奥的思考丝毫不起作用;那天下午我看了叔本华或者罗伊斯[1]的书,可是我夜复一夜地在红房子周围的

---

[1] Josiah Royce(1855—1916),美国哲学家,试图将绝对的唯心主义和社会现实主义加以统一。

土路上徘徊。有几次,我看到楼上有很亮的光线;另有几次,我认为听到了呻吟声。这种情况持续到一月十九日。

那几天,布宜诺斯艾利斯热得够呛,人们不但觉得遭罪,而且觉得失去了人类的尊严。晚上十一点左右,暴风雨开始了。先刮起南风,然后大雨倾盆。我赶紧找一株可供避雨的大树。闪电照亮的一刹那间,我发觉自己离铁栅栏只有几步之遥。不知是出于恐惧还是希望,我推推大门,居然应手而开。当时仿佛天崩地裂,我为风雨所驱,只能前进。一阵雨打在我脸上,我进了屋。

屋里的地砖已被撬掉,我脚下踩的仿佛是杂乱的草料。整个房子里弥漫着一股让人恶心的甜味。我分不清左右,只觉得碰到一堵石砌的斜坡。我匆匆爬了上去,几乎不自觉地拧开电灯。

我记忆中的餐厅和书房的隔墙已被拆除,成了一个空荡荡的大房间,只有一两件家具。我无意描述家具,因为尽管光线很强,我不敢肯定是否看到。这里容我作一些解释。看到一样东西,首先要对它有所了解。比如说,扶手椅是以人体及其关节和部位为先决条件的,剪刀则以剪断的动作为先决条件。灯盏和车辆的情况也是如此。野蛮人看不到传教士手里的《圣经》，旅客看到的索具和海员看到的索具不是一回事。假如我们真的看到了宇宙，我们或许会了解它。

我那晚看到的荒唐东西的形状，同人体的形状和可以理解的用途毫无联系。我感到厌恶和恐怖。房间的一个角落有一架通向楼上的垂直的梯子。梯子大约有十来根宽阔的横档，但是横档之间的距离长短不一。那架梯子可以理解为供手扶和脚踩的用途，多少让我松了一口气。我关掉灯，在暗地里等着。屋里静悄悄的没有声息，但是那些不可理解的东西的存在总让我感到不舒服。最后我做出一个决定。

我战战兢兢地抬起手，第二次拧开电灯。楼下预先展示的梦魇在楼上变本加厉了。许多东西或者某些东西交织在一起。我现在回忆起来，有一张又高又长的手术台似的东西，成 U 字形，两端各有一个圆窟窿。我认为那可能是居住者的卧榻，正如一头野兽或者一个神道投下的斜影那样显示了它怪异的体形。多年前，我读过拉丁诗人卢卡努斯的《法萨利亚》，可是印象不深，其中的"两头蛇"一词现在突然冒了出来，它让我联想起但当然不完全代表我后来看到的景象。我还回想起阴暗的高处有一面V字形的镜子。

那个居住者会是什么模样呢？这个星球对它说来是难以容忍的，正如它对我们是难以容忍的一样，它来这里要寻找什么？它从宇宙或时间的哪些秘密的领域，哪个古老而如今无法计算的晨昏，来到这个南美洲的郊区和这个夜晚？

我觉得自己闯进了混沌世界。外面雨已停了。我看看表，吃惊地发现快两点钟了。我没有关灯，小心翼翼爬下梯子。按原路下来并不是不可能的。我要赶在居住者回来之前下去。我猜测他不会关门，所以两扇门都没有关上。

我的脚踩到倒数第二档时，觉得斜坡上有谁上来，沉重、缓慢、脚步杂乱。我的好奇心压倒了恐惧，以致眼睛都没有闭上。

三十教派

莱顿大学的图书馆里可以查到那份原稿；原稿是拉丁文，但其中某些古希腊语汇让人猜测它是从希腊文翻译过来的。根据莱塞冈的考证，它是公元四世纪的作品。吉本在他的《罗马帝国衰亡史》第十五章的注释里提到过。原稿的佚名作者写道：

……教派成员本来不多，新皈依的教徒如今更是寥寥无几。经过铁与火的洗礼后，他们的人数剧减，平时在道路旁边或者兵燹造成的废墟里栖身，因为他们是不准修盖住房的。他们往往赤身裸体。我这支拙笔记的是众所周知的事实，我现在的目的是把我调查到的有关他们的教义和习惯付诸文字。

我曾同他们的长老详细探讨，但未能让他们信奉基督。

首先引起我注意的是他们对于死者的看法有很大差别。文化最低的人认为死者应由他们的灵魂负责埋葬；别的不拘泥于字面含义的人声称，耶稣关于"任凭死人埋葬他们的死人"[1]的告诫旨在谴责我们铺张浪费的殡葬仪式。

所有的教徒严格遵守有关变卖身外之物、施舍给穷苦人的规劝；先受益的人施舍给别人，别人再给其他人，依此类推。这足以说明他们为什么一贫如洗，一丝不挂，却安之若素，似乎到了极乐世界。他们热诚地念叨这些话："你们看那天上的飞鸟，也不种，也不收，也不积蓄在仓里，你们的天父尚且养活它。你们不比飞鸟贵重得多吗？"[2]下面这段文字是禁止积蓄的："你们这小信的人哪，野地里的草今天还在，明天就丢在炉里，神还给它这样的妆饰，何况你们呢？所以，不要忧虑，说：吃什么？喝什么？穿什么？"[3]

"凡看见妇女就动淫念的，这人心里已经与她犯奸淫

---

1 引自《圣经·新约·马太福音》第八章第二十二节。
2 引自《圣经·新约·马太福音》第六章第二十六节。
3 引自《圣经·新约·马太福音》第六章第三十、第三十一节。

了"[1]，这句话明确无误地劝人守身如玉。然而，许多教徒指出，如果天下没有看见妇女而不动淫念的男人，那么我们统统犯过奸淫。既然淫念和淫事一样应该受到谴责，遵守教规的人完全可以沉湎于最放肆的淫荡行为。

教派成员回避教堂，他们的博士们站在小山冈、墙垣或者岸边的小船上露天讲道。

教派的名称引起种种猜测。有的说三十表示信徒减至的人数，那固然可笑，但有预言的味道，因为由于其邪恶的教义，教派注定是要消亡的。另一种猜测说挪亚方舟的高度是三十肘[2]，名称由此而来；还有一种说法歪曲了天文学，说三十是阴历月份的天数；也有人说三十是救世主受洗时的年纪[3]；再有人说红尘做的亚当成为活人时也是三十岁。这些说法统统没有根据。更匪夷所思的是把它牵扯到三十个神道或

---

1 引自《圣经·新约·马太福音》第五章第二十八节。
2 肘，长度单位，即由肘至指尖的长度。《圣经·旧约·创世记》第六章第十五节：上帝吩咐挪亚造一艘方舟，"要长三百肘，宽五十肘，高三十肘"，让挪亚带领妻儿和地上生物各一对进入方舟逃避洪水，保全性命。
3 《圣经·新约·路加福音》第三章第二十一节叙说了耶稣受洗，第二十三节指出："耶稣开头传道，年纪约有三十岁。"

者神位的总目,其中一个是长着公鸡脑袋、人臂和人身、蜷曲蛇尾的阿布拉哈斯。

我知道真理,但无法解释。我没有那种宝贵的言传身教的天赋。让别的比我能干的人用语言来拯救教徒们吧。用语言或者烈火。被处决毕竟胜过自戕。我只限于阐明那令人厌恶的异端邪说。

圣子为了要成为世人中的一员,以肉身来到世界,世人后来把他钉上十字架,又得到他的拯救。他从上帝选中的一个村女的肚子里出生,不仅仅为了宣扬爱,而且为了遭受苦难。

有些事情是不能遗忘的。要让人们刻骨铭心,永世不忘,一个人死于刀剑之下或者被迫服毒是远远不够的。基督用悲壮的方式安排了种种事情。因此才有了最后的晚餐,耶稣关于出卖的预言,反复暗示门徒之一,对面包和葡萄酒的祝福,彼得的起誓,独自在客西马尼彻夜祷告,十二门徒的梦,圣子的祈求,血一般的汗水,刀剑,叛卖的吻,推卸责任的彼拉多[1],鞭打,戏弄,荆棘王冠,紫袍,芦苇做的权杖,有胆

---

[1] 罗马帝国驻犹太行省的总督,耶稣即由他判决被钉死在十字架上。

汁的醋，小山冈上的十字架，善良强盗的承诺，颤动的大地，以及昏暗的天色。

慈悲的神曾给我许多恩赐，让我发现了教派名称真正而又鲜为人知的原由。教派的发源地克里奥孜至今还有一座名叫三十迪内罗的小寺院。这个源远流长的名称给了我们一个线索。在十字架的悲剧里——我怀着虔敬的心情写这几个字——演员有自觉的，也有不自觉的，但都必不可少，至关重要。把银币交给犹大的祭司们是不自觉的，选择释放巴拉巴的百姓是不自觉的，犹太的长官是不自觉的，竖起十字架、敲进钉子、抓阄分耶稣衣服的罗马士兵是不自觉的。自觉的只有两人：救世主和犹大。犹大扔掉作为拯救灵魂代价的三十枚银币，随即自缢。当时他同人之子一样，也是三十三岁。教派对两人同样崇敬，宽恕了所有别的人。

没有哪一个人应该受到谴责；不论有意无意，人人都执行了大智大慧的大帝制定的计划。现如今大家分享荣耀。

我这支拙笔不愿写别的令人嫌恶的事情了。入教的人到了一定年龄以师长为榜样，在小山冈上任人戏弄，被钉上十字架。这种违反第五诫[1]的罪恶行径应该受到神人法律的严厉谴责。但愿上苍的诅咒，天使的愤恨……

原稿的结尾部分一直没有找到。

---

[1]《圣经·旧约·出埃及记》第二十章第十三节：上帝嘱咐摩西的第五诫是不可杀人。

奇遇之夜

我们在佛罗里达街靠近圣母像的老鹰咖啡馆听到了下面的故事。

大家在谈论认识问题。有人援引柏拉图的理论说,天下事物我们早在先前的世界里见过,因此认识就是再认识;记得我父亲当时说,培根在一篇文章里写道,学习是记忆的过程,不知实际就是遗忘。一位上了年纪的先生似乎被那些形而上学搞糊涂了,决定谈谈他的看法。他不慌不忙地插嘴说:

我还没有弄明白你们所说的柏拉图理论。谁都记不清第一次看到黄色或黑色时有什么印象,或者第一次尝到某种水果时有什么味道,也许当时年龄太小,不知道那是一个漫长过程的开始。当然，有些第一次的经历是谁都忘不了的。我不妨把我经常回忆起来的一八七四年四月三十日晚上的事情讲给你们听听。

以前的夏季比现在长，可是我记不得那一年我们为什么在离洛波斯不远的多尔纳表兄弟家的牧场待到了四月底。一个名叫鲁菲诺的雇工教我干牧场上的活儿。当时我快满十三岁了；他比我大得多，他的骠勇是出了名的，打闹时吃亏的总是对方。有一个星期五，他提议星期六晚上去镇里玩耍。我当然同意，尽管不清楚玩什么。我说我不会跳舞，他说跳舞很容易学会。我们吃了饭，七点半左右出了门。鲁菲诺像是参加宴会似的，打扮得整整齐齐，腰带里插着一把银匕首；我怕人家笑话，没有带我那把小刀。走不多久，我们便看到了镇口的几幢房屋。你们从没有到过洛波斯吗？没关系，省里的镇子都是一模一样的，甚至都自以为与众不同。一样的泥土小路，一样的坑坑洼洼，一样的低矮的房屋，仿佛让骑马的人觉得更高人一头。我们在街角上一幢刷成天蓝色或粉红色的、门上有"明星"字样的房子前面下了马。系马柱前已经有几匹鞍辔讲究的坐骑。面街的门半掩着，透出一缕灯光。门厅深处是一个大房间，靠墙摆着一些长条凳，条凳之间是黑黝黝的房门，通向哪里就不得而知了。一条黄毛小狗叫着跑出来同我亲热。屋里人很多，五六个披着大花梳妆袍的妇女来回走动。一个全身着黑、有几分威严的太太看来是这里的老板娘。鲁菲诺同她打了招呼说：

"我带来一位新朋友，不太老练。"

"放心好啦，马上就会学会的，"那位太太回说。

我觉得难为情。为了转移他们的注意力或者让他们知道我是个小孩，我坐在长凳一头逗小狗玩。厨房的桌子上点着几支插在酒瓶口里的蜡烛，记得角落里还有一个小香炉。对面的白粉墙上挂着张慈悲圣母像。

有人一边说笑，一边费劲地拨弄吉他。有人给我一杯杜松子酒，我不敢拒绝，结果喝得嘴里火烧火燎。那些女人中间有一个与众不同。她的伙伴们管她叫"女俘"。我觉得她有点像印第安人，但是比印第安人清秀，眼神十分忧郁，一条大辫子拖到腰际。鲁菲诺注意到我在看她，便对她说：

"你再讲讲突袭的事，我们还想听。"

姑娘旁若无人地说起来，我觉得她心里除了那件事之外不可能想别的，而她一生中仿佛也只经历过那件事。她对我们说：

"我从卡塔马卡给带到这里来时年纪很小，根本不懂得什么是突袭。牧场上的人出于害怕，从来不提。我好像探听秘密似的，逐渐知道印第安人会铺天盖地跑来突然袭击，杀人放火，抢走牲畜。他们掳掠妇女，带回腹地，百般糟蹋。我竭力不去相信这些事。我的哥哥卢卡斯（后来被长矛扎死了）也竭力安慰我，说这全是谣言，但是真的事情只要说一遍，人们就确信不疑。政府给他们烟草、烈酒和马黛茶，试图安抚他们，可是他们有一些十分精明的巫师替他们出主意。只要酋长一声令下，他们就可以在分散的卫戍据点之间窜进来劫掠一通。我纯粹出于好奇，几乎盼望他们来，我经常朝着太阳落下去的方向眺望。我不懂怎么计算时间，只知道那次入侵之前有过冷天，有过夏天，牧场里给小牲口打过烙印，死过总管的一个儿子。他们仿佛是草原风刮来的。我见到沟边一朵刺蓟花，夜里梦见了印第安人。黎明时果然来了。和预感到地震一样，牲口觉察得比人早。牧场里鸡犬不宁，鸟在空中来回乱飞。我们跑到我经常眺望的地方去观看。"

"谁给你们报信的？"有人问道。

那姑娘似乎在很远的地方，重复了最后一句话。

"我们跑到我经常眺望的地方去观看。整个沙漠似乎开了锅。我们在铁栅栏后面看到升腾的沙尘里出现了突袭的印第安人。他们用手掌拍打嘴巴，尖叫怪嚷。圣伊雷内备有几杆长枪，但只能唬唬人，引起更大的愤怒。"

"女俘"说话的样子有如背诵祷告词，我却听到沙漠里的印第安人上了街。他们大叫大嚷，横冲直撞，像是骑在马上似的进了屋。那是一群喝得醉醺醺的地痞。如今回想起来，他们个个非常高大。鲁菲诺当时在门边，打头的一个痞子用胳臂肘撞了他一下，他脸色煞白，闪到一旁。那个太太在原地站起来，对我们说：

"是胡安·莫雷拉。"

事过境迁，我记不清我印象里是当晚的那个人还是我后来常在驯马场上看到的人。我想起波德斯塔[1]的长头发和黑胡子，也想起一张黧黑的麻脸。小狗跑上前表示亲热。莫雷拉

---

1 José Podestá（1858—1935），阿根廷演员、戏剧家，他改编上演的剧作《胡安·莫雷拉》深受欢迎。

一鞭子把它打翻在地，小狗四脚朝天，抽搐几下断了气。事情真的发生了。

我悄悄地挨到一扇门那儿，门外有一条狭窄的甬道通向楼梯。我上了楼，躲进一个漆黑的房间。除了一张很矮的床之外，看不清有什么家具。我在发抖。楼下叫嚷声不断，还夹杂着打碎玻璃的声音。我听到上楼来的女人脚步声，门缝亮了一下又暗了。接着是"女俘"的声音，她轻轻地叫我。

"我在这里是侍候人的，侍候平和的人。来吧，我不会难为你的。"

她已经脱掉了梳妆袍。我在她身边躺下，伸手去摸她的脸。不知过了多少时间。我们没有交谈，也没有接吻。我解开她的长辫，抚弄那些很直的发丝，然后又抚弄她的身体。后来我们再也没有见过面，我始终不知道她叫什么名字。

一声枪响把我们吓了一跳。"女俘"对我说：

"你可以走另一面的楼梯出去。"

我照她的话做了，到了外面的土路上。那晚有月亮。一个警官守在土坯墙那儿，手里的长枪上了刺刀。他笑着对我说：

"看来你倒是个起早的人。"

我应答了一句,他没有理睬。这时一个人正翻墙过来。警官端起刺刀就刺。那人摔到地上,仰面躺着哼哼,血流如注。我想起那条小狗。警官又捅了他一刺刀,彻底结果了他的性命。警官自得其乐地对他说:

"莫雷拉,今天你可跑不了啦。"

包围那幢房屋的警察从四面八方跑来,街坊们接着也围上来看热闹。那个叫安德列斯·奇里诺的警官费了好大劲才拔出刺刀。鲁菲诺笑着说:

"这位老兄再也神气不起来啦。"

我在人群里走来走去,把我见到的情况告诉他们。我突然感到非常疲惫,也许有点发烧。我溜出去,找了鲁菲诺一起回家。我们在马背上看到天色开始发白。除了疲倦之外,我还有点失魂落魄,可能由于那些像急流一样涌来的事情。

"由于那晚的滔滔大水吧,"我父亲说。

讲故事的人表示同意:

"是这样的。在短短几小时里,我尝到了爱情,看到了死亡。人们看到各种事情,或者至少看到他们该看到的事情,可是拿我来说,从晚上到天亮的几小时里,我看到了人生的两件大事。岁月流逝,这故事讲了许多遍,我究竟是真的记得事情的经过呢,还是只记得讲故事的话语,连我自己也搞不清楚了。也许'女俘'讲的突袭也是这样。但不论是我还是别人看到莫雷拉被杀,现在已经无关紧要了。"

镜子与面具

克朗塔夫一战,挪威人威风扫地,高贵的国王召来诗人对他说:

"最显赫的功绩如果不用文字铭记下来也要失去它的熠熠光彩。我要你歌颂我的胜利,把我赞美。我将成为埃涅阿斯,你将成为讴歌我的维吉尔。这件事会使我们两人永垂不朽,你认为自己能不能胜任?"

"能,国王陛下,"诗人说。"我是歌手。我潜心研究韵律学有十二年之久。作为正宗诗歌基础的三百六十个寓言我都记诵。厄尔斯特和芒斯特的史实都积蓄在我的琴弦上,一触即发。我满腹珠玑,最古雅的字句、最深奥的隐喻都如数家珍。我掌握我们这门艺术的秘密,平庸之辈莫测高深。我可以赞扬爱情、偷盗牲畜、航海和战争。我了解爱尔兰所有王室的神话般的家谱。我深谙药草的功效、星象占卜、数学和教会法规。我在公开的比赛中打败了我的对手。我精通讽刺，而讽刺能诱发包括麻风病在内的皮肤病。我会使剑，在陛下的战役中已经证明。我只有一件事不懂：那就是如何感激陛下的恩赐。"

国王很容易对别人的长篇大论感到厌烦，听他说完，舒了一口气：

"那类事情，我很清楚。听说夜莺已在英格兰歌唱。等雨和雪的季节过去，等夜莺从南方归来，你就在朝廷当着诗人社的成员朗诵你的颂歌。我给你整整一年时间。每字每行，你都得推敲斟酌。你知道寡人的脾气，报酬决不会亏待你夙夜劬劳。"

"陛下，最好的报酬莫过于一睹龙颜，"诗人说。他颇通谄媚之道。

他行礼告辞，心里已经琢磨出一些诗句。

这一年瘟疫流行，叛乱频仍，期限到时诗人交上颂歌。他根本不看手稿，不慌不忙地背诵起来。国王不住点头赞许。

满朝文武，甚至挤在门口的人都看样学样，尽管一个字都没有听清。

国王最后发话了。

"我认可你的作品。那是又一次胜利。你给每一个词以它真正的含义，你用的形容词无一无出处，都有最早的诗人的先例。整篇颂歌中的形象在古典作品中都有根有据。战争是人们壮丽的交织，剑头淌下的水是鲜血。海洋有它的掌管神，云彩预示未来。你熟练地运用了脚韵、叠韵、近似韵、音量、修辞的技巧、格律的呼应。爱尔兰文学即使泯灭——但愿没有不祥的征兆！——凭你的古典似的颂歌就能重建。我命令三十名誊写员照抄十二遍。"

他静默了片刻，接着又说：

"好虽然好，但是毫无反应。脉管里的血流并没有加速。手没有抓起弓箭。谁的脸色都没有变。谁都没有发出战斗的呐喊，谁都没有挺起胸膛面对北欧海盗。我们再给你一年时间，赞赏你另一篇颂歌，诗人。现在赐给你一面银镜，作为嘉奖。"

"我明白了，十分感谢，"诗人说。

星移斗转，又是一年。夜莺再次在撒克逊的森林里歌唱，诗人带着手稿来了，这次的诗没有上次长。他并没有背诵；而是期期艾艾地照念，略去了某些段落，仿佛他自己根本看不懂，或者不愿糟蹋它们。诗篇很怪。不是战争的描写，而是战争本身。在战斗的混乱中，扰扰攘攘的是三位一体的神、爱尔兰的异教神灵和几百年后在近代初期纷争的神灵。诗的形式也相当怪。单数名词后面跟的是复数动词。介词的用法也不符合通用的规则。败笔和精彩之处混杂。隐喻牵强附会，或者看来如此。

国王同身旁的文人交谈了几句，开口说：

"你的第一篇颂歌可以说是集爱尔兰古今诗歌之大成。这一篇胜过上篇，同时把上篇彻底推翻。它给人悬念、惊讶，使人目瞪口呆。愚昧无知的人看不出它的妙处，只配有学问的人欣赏。这部手稿将用象牙盒子保存。我们指望你的生花妙笔再写出一篇更高明的作品。"

国王微笑着补充说：

"我们都是寓言里的人物，要记住寓言崇尚三之数。"

诗人壮胆说：

"巫师的三种本领，三人为众，还有那不容置疑的三位一体。"

国王又说：

"作为我们赞许的表示，赐给你这个黄金面具。"

"我明白了，十分感谢，"诗人说。

又满了一年。王宫的守卫注意到诗人这次空手来到，没有手稿。国王见到了他不禁有点吃惊，他几乎成了另一个人。某些东西（并不是时间）在他脸上刻画了皱纹，改变了模样。他的眼睛仿佛望着老远的地方，或者瞎了。诗人请求同国王单独说几句话。奴隶们退了出去。

"你写了颂歌没有？"国王问道。

"写了，"诗人悲哀地说。"但愿我主基督禁止我这么做。"

"你能念念吗？"

"我不敢。"

"我给你所欠缺的勇气，"国王宣称。

诗人念出那篇诗。只有一行。

诗人和国王都没有大声念出那行诗的勇气，只在嘴里品味，仿佛它是秘密的祈祷或者诅咒。国王诧异和震惊的程度不下于诗人。两人对瞅着,面色惨白。

"我年轻的时候,"国王说,"曾向西方航行。在一个岛上,我看到银的猎犬咬死金的野猪。在另一个岛上,我们闻到魔苹果的香味肚子就饱了。在一个岛上,我见到火焰的城墙。在一个最远的岛上,有一条通天河,河里有鱼,河上有船。这些都是神奇的事物,但不能同你的诗相比,因为你的诗仿佛把它们全包括在内了。什么巫术使你写出来的?"

"天快亮时,"诗人说,"我一觉醒来,念念有词,开始自己也不明白什么意思。那几个字就是一篇诗。我觉得自己犯了天主不会饶恕的罪孽。"

"正是我们两人现在共犯的罪孽,"国王悄声说。"了解到美的罪孽,因为这是禁止人们问津的。现在我们该为之付出代价了。我赐给你一面镜子和一个金面具;这里是第三件,也就是最后的一件礼物。"

国王拿一把匕首放在诗人右手。

据我们所知,诗人一出王宫就自杀了;国王成了乞丐,在他的王国爱尔兰四处流浪,再也没有念过那句诗。

翁 德 尔

我有言在先，读者在不来梅的阿丹的《纪事》（一六一五年）里是找不到下面转述的文字的；据考证，阿丹是十一世纪的人。拉本伯格在牛津大学的博德利图书馆[1]发现了手稿，他根据其中一些细节判断，那些文字是后人加进去的，但他出于好奇，还是收进了他出版的《日耳曼选集》（莱比锡，一八九四年）。一个阿根廷的文学爱好者的意见无足轻重，读者完全可以自行作出判断。我的西班牙文本不是逐字逐句译出的，但相当忠实。

不来梅的阿丹写道：

……海湾彼岸有一片野马出没的地方，再过去是一片广袤的沙漠，与之接壤的土地上有不少民族，其中值得一提的是乌尔诺人。商贩们语焉不详或者难以置信的叙述，艰险的路途，以及游牧部落的劫掠，始终未能让我到达他们居住的地方。但我确信，他们不稳定的、分散的村落位于维斯杜拉河下游的低洼地区。乌尔诺人与派生出英格兰和其他北方民族王室血统的瑞典人不同，他们信奉正宗的基督教，没有受到阿里乌斯邪教或者残忍的恶魔崇拜的玷污。他们多半是牧民、船夫、巫师、铸剑匠和马具制作匠。由于战事频仍，他们几乎不耕作土地。平原和平原上的部落使他们成为熟练的骑手和弓箭手。人们模仿敌人，最终同敌人有了相似之处。他们的枪矛比我们的长，适合骑兵而不是步卒使用。

可以料想，他们没有翎笔、储存墨水的兽角和羊皮纸。他们和我们的先辈一样，在岩石上镌刻卢纳文字，那种文字是奥丁神[2]把自己在白蜡树上悬挂了九天九夜悟出来之后传授

---

1 英国牛津大学主要的图书馆，也是欧洲最古老的图书馆之一，其历史可追溯到14世纪，由博德利爵士于1598年斥资改建扩充，1602年建成，现为英国六家版本图书馆之一。
2 北欧神话中的主神。

给他们的。

除了这些一般情况之外,我还要补充我和乌尔夫·西古尔达松的谈话内容,乌尔夫是个不苟言笑的冰岛人。当时我们在乌普萨拉的一座庙宇附近。柴火已经熄灭,墙上的裂隙透进寒气和曙光。外面雪地上有灰狼谨慎的足迹,它们吞噬了用于祭祀三神的异教徒的尸体后,悄然离去。我和乌尔夫像教士们那样先用拉丁语交谈,但不久便改用从世界尽头直到亚洲集市都通用的北方话。那人说:

"我是古代北欧诗人的后代,一听说乌尔诺人的诗歌只有一个词,我立刻寻迹前去他们的国度。历尽千辛万苦,费时一年之久,终于找到。那时已是夜晚,我发现路人都用异样的眼光瞅我,还有人用石子扔我。我看到一家铁匠铺里有火光,便走了进去。

"铁匠收留我在他那里过夜。他名叫奥尔姆。他用的语言同我们的有点相似。我们交谈了几句。我从他嘴里第一次听到国王的名字是贡劳格。国王刚打过一次仗,对异邦人存有疑惧,动不动就要折磨处死他们。这种结局对神都不合适,何况对凡夫俗子,为了逃避那种遭遇,我着手写一篇颂词,赞美国王的胜利、名声和慈悲。写完后我念了几遍，牢记在心，这时有两个人找上门来了。我拒绝交出我的佩剑，但同意跟他们走。

"天没有大亮，还可以看到星星。我们穿过一片两旁有茅屋的泥地。我听说过金字塔，但在第一块空地上看到的是一根黄色的木柱。木柱顶端有黑色的鱼的图像。陪我们同去的奥尔姆告诉我说，那就是词。我在第二块空地上看到一根顶端有圆盘的红色柱子。奥尔姆又说那是词。我请他说出那个词。他说他只是一般的手工匠，不知道那个词。

"到了第三、也就是最后一块空地上，我看到一根涂成黑色的柱子，上面的图像却记不清了。空地尽头有一堵直墙，望不到两端。后来我才知道那堵墙是圆形的，墙顶用泥堆起，里面没有门，把全城围了起来。拴在系马柱上的马匹很矮小，鬃毛却很长。他们不让铁匠进去。里面有一些佩带武器的人，全部站着。国王贡劳格有病在身，半闭眼睛，躺在一个铺着骆驼皮的平台似的东西上。他憔悴衰弱，是个神圣而几乎被遗忘的人物，祖露的胸部有不少纵横交错的很长的老伤疤。一个士兵为我让了路。有人端来一把竖琴。我跪在地上，低声吟唱了那篇颂词。其中不缺颂词所要求的修辞手段、叠韵和强调。我不知道国王是否听懂了，不过他赏赐我一枚银指环，我至今还藏着。我瞥见垫子底下一把匕首的刀刃。他右面是一个象棋棋盘，有百来个格子和一些凌乱的棋子。

"卫兵把我推到后面。另一个人站到我的位置上。他像是调音似的拨弄着琴弦，重复了我想领悟却未能领悟的那个词。有人毕恭毕敬地说：他现在什么都不想说。

"我看到那人掉泪。他一会儿提高、一会儿压低嗓音，琴声几乎没有变化，单调得仿佛没完没了。我希望吟唱永远继续下去，它却突然停了。我听到砰的一声，吟唱人显然精疲力竭，竖琴落到了地上。人们乱哄哄出来，我夹杂在最后几个人中间。我惊异地发现天色已经暗了。

"我走了几步。有人把手搭在我肩上，让我停下。他对我说：

"'国王的戒指虽然是你的护身符，但你很快就要死了，因为你听到了那个词。我是比亚尔尼·索尔克尔松，可以救你一命。我是古代北欧诗人的后代。你在赞歌里把血叫作剑流出的水，把战争叫作人的竞赛。我记得我父亲的父亲用过那种比喻。既然你我都是诗人，我要救你。现今我们对诗歌所叙述的每一件事实不作任何界定，我们把它归结为一句话，那就是词。'

"我回说：

"'我没有听到。请你告诉我是哪个词。'

"他迟疑了片刻，答道：

"'我发过誓永不泄露。此外，教是教不会的。你得自己领悟。我们要抓紧时间，因为你有生命危险。我把你藏在我家里，谁都不敢来找。假如风向有利，你明天就可以起航去南方。'

"持续好几个冬天的冒险就此开始。我不细说种种艰难险阻，也不打算把那些变化不定的经历一一道来。我做过划桨手、奴隶贩子、奴隶、伐木人、剪径贼、歌手、地下水和矿藏的勘探人。我被囚禁在水银矿干了一年苦工，牙齿全松动了。我和瑞典人一起在君士坦丁堡的卫队里服役。在亚速海滨，有个爱我的女人，我永远忘不了；后来她甩了我，或者是我甩了她，反正都一样。我出卖过别人，或者被别人出卖。我不止一次险些丢掉性命。一个希腊士兵向我挑战,让我在两把剑中选一把。一把比另一把长出一拃。我知道他是在吓唬我,便选了那把短的。他问我什么道理。我回答他说,从我拳头到他心脏的距离是一样的,反正我会刺透。我在黑海之滨替我的伙伴莱夫·奥尔纳松竖了一块用卢纳文字刻的墓碑。我和塞尔克兰的蓝衣部队,也就是撒拉逊人,打过仗。我的阅历太多了,但那一连串事件仿佛是一场大梦。最重要的是那个词。有时候我不信它确实存在。我一再对自己说,把美好的词句加以组合是件美好的事,放弃它未免愚蠢,孜孜不倦地寻找一个虚无缥缈的词又何苦来着。这种想法也不起作用。有个传教士告诉我,那个词是上帝,但我否定了。某天早晨,在一条注入大海的河流旁边,我认为得到了启示。

"我回到乌尔诺人的国度,费了好大劲才找到歌手的住处。

"我进去,自报姓名。已是夜晚了。躺在地上的索尔克尔松请我点燃青铜烛台上的蜡烛。他面容苍老了许多,我不由得想到我自己也老了。出于习惯,我问他国王的情况。他回答说：

"'国王现在不叫贡劳格。他用另一个名字。你说说你的经历吧。'

"我按先后次序叙说，但略去了繁琐的细节。我还没有说完，他插嘴问道：

"'你常在那些地方吟唱吗？'

"问题出乎我意料。

"'最初我是为了糊口，'我告诉他，'后来一种莫名其妙的忧虑使我放弃了吟唱和竖琴。'

"'是啊，'他表示同意。'你接着说吧。'

"我遵命讲完了故事。接着是长时间的沉默。

"'你的第一个女人给了你什么？'他问我道。

"'一切，'我说。

"'生活也给了我一切。所有的人都从生活中得到了一切，但是大多数人自己却不知道。我的嗓子已经疲惫，我的手指也软弱无力，但是你且听我唱。'

"他唱出了翁德尔一词，意思是奇迹。

"那个气息奄奄的人的吟唱使我激动，我从他的歌声和琴音里听到了我自己的磨难,给我第一次爱情的那个女奴,死在我手下的男人们,寒冷的清晨,水面的曙光,船桨。我拿起竖琴,用全然不同的词吟唱起来。

"'这就对了,'那人说,我得凑近才听清他的声音,'你明白了我的意思。'"

一个厌倦的人的乌托邦

乌托邦是个希腊词,意即没有的地方。

克维多

没有两座小山是相同的,但是世界上任何地方的平原都一模一样。我在平原的一条路上行走。我并不特别好奇地琢磨自己是在俄克拉何马,在得克萨斯,还是在文人们称之为潘帕斯草原的地区。左右两面都不见一点灯光。像往常一样,我悠闲自得地背诵着埃米利奥·奥里韦[1]的诗句:

可怕的平原一望无垠,
接近了巴西边境。

诗句中平原的形象有增无已,越来越大。

脚下的路坎坷不平。开始下雨了。我看见两三百米外一座房屋的灯光。房屋是长方形的,很矮,四周栽有树木。应声为我开门的是个男人,身材高得几乎使我害怕。他穿着灰色的衣服。我觉得他是在等人。门没有安锁。

我们走进一个木板墙的长房间。天花板下挂着一盏发出黄光的灯。不知什么原因,屋里的那张桌子使我感到奇怪。桌上有一台计时的滴漏,除了在钢版画上见过之外,我是第一次看到实物。那个男人指点一把椅子让我坐。

我尝试了几种语言,但对方听不懂。他开口时说的是拉丁语。我拼凑早在大学时代学过的拉丁语,同他交谈。

"从你的服装看来,"他对我说,"你是另一个世纪来的。语言的多样化带来了民族以至于战争的多样化,世界已回到拉丁语的时代。有人担心它会退化到法语、奥克语[2]或者帕皮

1　Emilio Oribe (1893—1975),乌拉圭医师、诗人、作家,作品有《从无航迹的海洋》《象限仪之歌》等。
2　法国南部主要是普罗旺斯地区以及意大利、西班牙山谷地区使用的方言。

亚门托语[1]，不过这种危险不会马上发生。此外，我对过去和将来的事都不感兴趣。"

我没有搭腔，他接着说：

"如果你不讨厌看别人吃东西，你陪陪我好吗？"

我明白他注意到我的不安，便说好的。

我们穿过一道有边门的走廊，到了一个小厨房，里面的器皿全是金属制的。我们端了一大盘晚餐回去：一碗碗的玉米花，一串葡萄，一个不知名的、味道像无花果的水果，一大罐清水。我印象中好像没有面包。主人的脸轮廓分明，眼神有些怪。那张严肃苍白的脸我此后再也没有见到，但再也忘不了。他说话时毫无表情。

我难以用拉丁语表达自己的思想，但终于对他说：

"我突然出现不使你感到惊奇？"

"不，"他回说。"这类访问每个世纪都有。逗留的时间不会太长，你最迟明天就到家了。"

他蛮有把握的口气使我安心。我觉得应该向他做个自我

---

1 西印度群岛中荷属安的列斯的库拉索等岛使用的方言。

介绍：

"我是欧多罗·阿塞韦多。我一八九七年出生在布宜诺斯艾利斯市，已经七十岁了。我是英美文学教授，还写幻想故事。"

"我看过你写的两篇幻想故事，"他说。"印象不坏。一篇是《里梅尔·格列佛船长航行记》，许多人认为实有其事，另一篇是《神学大全》。但是我们不谈事实。现在谁都不关心事实。它们只是虚构和推理的出发点。学校里教我们怀疑和遗忘的艺术。尤其是遗忘个人和地方的一切。我们生活在有连续性的时间内，但我们试图在永恒的状态下生活。过去给我们留下一些名字，但语言却有把它们遗忘的倾向。我们回避无用的精确记叙。没有年表、历史，也没有统计数字。你说你名叫欧多罗；我无法告诉你我叫什么，因为人们只称呼我某人。"

"那你父亲叫什么名字呢？"

"什么都不叫。"

我看到一面墙壁上有搁板。我随便翻开一本书，里面的字母是手写的，笔画清楚，但是无法理解。那些刚劲的线条使我想起北欧古老的卢纳字母，但卢纳字母只用于碑铭。我想未来的人非但身材比我们高大,并且比我们能干。我本能地瞅瞅那人细长的手指。

他说:"现在给你看一件你从未见过的东西。"

他小心翼翼地递给我一本莫尔的《乌托邦》[1],那是一五一八年在瑞士巴塞尔印刷的,书中缺一些书页和插图。

我不无卖弄地说:

"这是印刷的书。我家里有两千多本呢,尽管不如这本古老贵重。"

我高声读出书名。

对方笑了。

"谁都看不了两千本书。我活了四个世纪只看了五六本。再说,重要的不是看,而是温故知新。印刷这一行业已经取缔,它是最糟糕的弊端之一,容易把没有流传必要的书籍数量增加到使人眼花缭乱的程度。"

"在我古怪的昨天,"我说,"有一种普遍的迷信,认为从每个下午到第二天早晨之间总要发生许多事情,不了解它

---

[1] Thomas More (1478—1535),英国政治家、作家,曾任众议院议长、大法官。他最著名的作品《乌托邦》宣扬了空想社会主义。

们仿佛是不光彩的。地球上充斥集体的幽灵,加拿大、巴西、比属刚果和欧洲共同市场。那些柏拉图式实体以前的历史几乎谁都不知道,但是人人都能如数家珍地说出最近一次教育家代表大会,迫在眉睫的两国断交,由秘书的秘书起草的、一律谨慎而含混的总统文告。这些文件的目的是让人看了忘掉,因为不出几小时就有别的鸡毛蒜皮的小事把它们抹掉。在各行各业中间,政治家的工作无疑是最显眼的。大使或者部长仿佛是残疾人,到东到西都有招摇的长车队,由摩托车手和随行人员包围,有急切的摄影记者等候。我母亲常说,这些人像是断了腿的。印在纸上的图像和文字比事物本身更真实。唯有出版的东西才是真的。存在是被感知,这是我们独特的世界观的原则、手段和目的。在我经历的昨天,人们很天真;制造商说商品好,并且一再重复,他们便信以为真。抢劫是经常发生的事,尽管谁都知道有了钱并不带来幸福和安宁。"

"钱?"他接口说。"贫穷是难以忍受的,富有是庸俗的最不舒服的形式,现在谁都不受贫富之罪了。人人各司其事。"

"像犹太教博士一样,"我说。

他仿佛没有明白这句话的意思,自顾自接着说下去:

"城市也没有了。我曾好奇地去勘察勃兰卡湾,从那里的废墟来看,湮没的东西不多。既然没有财产,遗产也就不存在。一个人活到一百岁,已经成熟时,便准备面对自己,面对孤独。他已经生了一个儿子。"

"一个儿子?"我问道。

"对,只生一个。鼓励人类繁殖是不恰当的。有人认为神才具有宇宙意识,但谁都不能肯定神是否存在。我听说目前在讨论全世界的人逐渐或同时自杀的利弊。不过我们还是回到我们的正题。"

我同意了。

"满了百岁之后,人就能摆脱爱情和友谊。病痛和不由自主的死亡对他已不是威胁。他从事一门技艺,研究哲学、数学,或者独自下棋。他愿意时可以自杀。人既然是自己生命的主宰,当然也可以主宰自己的死亡。"

"这是引语吗?"我问他。

"当然。我们只剩下引语。语言本身就是系统的引语。"

"我那个时代的壮举,宇宙航行又怎么样?"我说。

"我们几世纪前就已放弃了那种航行。宇宙航行固然奇妙，但我们无从逃避此时此地。"

他微微一笑补充说：

"此外，任何旅行都属于宇宙范畴。从一个星球到另一个星球，和从这里到对面的农场并没有不同。你进入这个房间也是一种宇宙航行。"

"确实如此，"我回说。"人们还谈到化学物质和动物。"

那人转过身去，望着窗外。外面的平原一片白雪，在月光下静悄悄的。

我鼓起勇气又问：

"还有博物馆和图书馆吗？"

"没有。除了写挽歌以外，我们要忘记昨天。纪念活动，一百周年，去世的人的塑像都没有了。各人需要的科学文学艺术都得由自己创造。"

"在那种情况下，每个人都必须成为他自己的萧伯纳、耶稣基督和阿基米德。"

他点头同意。我又问：

"政府呢？"

"根据传统,政府逐渐废弃不用。政府举行选举,宣布战争,征收税款,充公财产,下令逮捕,实行新闻检查,但是世界上谁都不听它的。新闻界不再发表政府要人的文章和相片。他们不得不寻找诚实的职业;有些成了优秀的丑角演员,有些成了好郎中。当然,现实比我说的要复杂。"

他声调一变说:

"我盖了这座房子,同别的房子一模一样。我制作了这些家具和器皿。我耕种田地,别人我没有见过,可能种得比我好。我给你看些东西。"

我跟他走进隔壁一个房间。他点燃一盏也是挂在天花板下的灯。角落里有一架只剩几根弦的竖琴。墙上挂着长方形的画布,色调以黄为主。

"这是我的作品,"他宣布说。

我察看那些画布,在最小的一幅前站停,画布上的图形大概是日落景色,意境无限深远。

"你喜欢的话可以拿去,作为一个未来的朋友的纪念,"他平静地说。

我向他道了谢,但是别的画布使我觉得别扭。我不能说它们是空白的,但和空白相差无几。

"你用老眼光是看不出上面的颜色的。"

他细长的手指拨弄竖琴琴弦,我几乎听不出什么声音。

那时候传来了敲门声。

一个高大的妇女和三四个男人进了屋。可以说他们是兄弟,或者年龄相仿,我的主人先对那妇女说话:

"我料到你今晚准来。你见过尼尔斯没有?"

"有时见见面。你还老画画。"

"但愿比你父亲画得好一些。"

手稿、图画、家具、器皿,家里什么都不留下。

那个女人和男人们一起搬运。我没有气力,帮不了他们的忙,觉得惭愧。谁都没有关门,我们搬了东西出去。我发现屋顶是双坡的。

走了十五分钟后,我们朝左拐弯。远处有一座塔形建筑,圆拱顶。

"那是火葬场,"不知谁说道。"里面有死亡室。据说发明者是个慈善家,名字大概是阿道夫·希特勒。"

守门人的身材并不叫我吃惊,他为我们打开铁栅栏。

我的主人嘟哝了几句话。他进去之前举手告别。

"雪还没有停，"那个妇女说。

我的坐落在墨西哥街的办公室里保存着那幅几千年后某个人画的画布，画布和颜料是当今世界通用的。

贿　　赂

我叙述的是两个人的故事，说得确切些，是有两个人介入的事件。事情本身既不奇特，也不令人难以置信，重要的是主人公的性格。两人的毛病都出在虚荣，但方式不同，结果也大相径庭。这件轶事（事实上只是一件轶事而已）不久前发生在美国的一个州。照我看来，不可能发生在别的地方。

一九六一年年底，我在奥斯汀得克萨斯大学有幸和其中一位，埃兹拉·温斯罗普博士，长谈了一次。此人是古英语教授（他不同意用"盎格鲁－撒克逊"，因为那个词使人联想到两个部件凑起来的装置）。我记得他从没有反驳过我，但纠正了我的许多错误和狂妄。据说他考试时从不提问，而是让学生自己找个题目，自由发挥。他出身于波士顿一个古老的清教徒家庭，很难适应南方的习惯和偏见。他怀念北方的雪，但是我注意到，北方人也需要别人提醒防备寒冷，正如南方人需要人家提醒防备炎热一样。我对他的印象有点模糊，只记得他是个高大的人，头发灰色，身体结实而不太灵活。我记忆比较清晰的是他的同事赫伯特·洛克，洛克送给我一本他写的《隐喻表达法的历史溯源》，书中指出撒克逊人很快地舍弃了那些略带机械性的比喻（例如把海洋喻为"鲸鱼之路"，把猎鹰喻为"战斗之隼"），与此同时，斯堪的纳维亚的诗人却把隐喻糅合交织，搞得十分复杂。我之所以提起赫伯特·洛克，是因为他在我的故事里占有举足轻重的位置。

现在我要谈谈冰岛人埃里克·埃纳尔松，他也许是故事真正的主人公。我从未见过他，他一九六九年来到得克萨斯，当时我已在剑桥，但我从我们共同的朋友拉蒙·马丁内斯·洛佩斯的信中对他颇有了解。我知道他是个冲动、坚定而又冷静的人，在身材高大的冰岛人中间都算得上高大的。由于他一头红发，学生自然给他起了"红埃里克"的绰号。他认为异邦人用当地俚语难免要闹笑话,让人觉得格格不入,因此他从不说 OK。他对北欧语言、英语、拉丁语、德语(虽然他自己不提德语)很有研究,在美国的诸多大学里谋一教席当然不怎么费事。他发表的第一篇专著,研究德·昆西的四篇有关丹麦语在威斯特摩兰湖泊地区的影响的文章。接着发表了第二篇专著,研究约克郡农民的方言。两篇的反响都不坏,但是埃纳尔松认为他的前程要求一些轰动效应。一九七〇年,他在耶鲁大学出版了一本附有详尽注解的莫尔登叙事歌谣[1]。注释显示了不容否认的学识,但是前言中间的某些假设在几乎秘密的学术圈子里引起了争论。比如说,埃纳尔松断言,那部叙事歌谣的风格同《芬斯伯格》的英雄诗依稀相似,和《贝奥武甫》从容的修辞手段却不一样,还说叙事歌谣处理激动人心的情节时,奇特地预示了我们不无道理地为冰岛传说赞叹的手法。此外,他还修正了艾尔芬斯顿教材的某些课文。早在一九六九年,他已受聘为得克萨斯大学教授。众所周知,美国大学经常召开日耳曼语言文化

---

[1] 指用古英语写的、叙述公元 991 年丹麦人入侵埃塞克斯的长诗《莫尔登战役》。

学者代表会议。上届会议在东兰辛举行,温斯罗普博士有幸参加。系主任在准备七年一次的休假,请博士考虑在威斯康星举行的下届会议的人选,在赫伯特·洛克和埃里克·埃纳尔松两人中挑选一个。

温斯罗普和卡莱尔一样,并不恪守先辈的清教徒教义,但有强烈的道德感。他责无旁贷,没有拒绝提名。自从一九五四年以来,赫伯特·洛克就不遗余力地帮他编纂一本《贝奥武甫》英雄诗的注释版,某些学院已经用它代替克莱伯的版本;目前他在编纂一部研究日耳曼语言文化时十分有用的工具书:一部英语—盎格鲁-撒克逊语词典,读者有了它,可以不必再查阅词源学词典,省掉一些往往劳而无功的时间。埃纳尔松年纪太轻,他的狂妄自大招来许多人的反感,包括温斯罗普在内。那篇评论《芬斯伯格》的文章替他扬了名。他很容易引起争论,在代表大会上肯定比沉默寡言的、腼腆的洛克活跃。温斯罗普正在权衡斟酌的时候,发生了那件事。

《耶鲁月报》发表了一篇评论有关盎格鲁-撒克逊文学与语言的大学教学的长文。文章末尾署名是显而易见的姓名缩写"埃·埃",后面还唯恐别人不知似的加上"得克萨斯大学"。一看就知道作者是外国人,所用英文相当正确,遣词造句显得颇有教养,但语气咄咄逼人。作者提出,以《贝奥武甫》的英雄诗作为盎格鲁-撒克逊语文教学的开端,正如以弥尔顿错综复杂的诗歌作为英国语文教学的开端一样毫无道理,因为《贝奥武甫》这部作品年代过于久远,修辞风格模仿维吉尔。他建议把时间次序颠倒一下,从可以看到现代语言痕迹的、十一世纪盎格鲁-撒克逊文学消亡时期开始,追本溯源。至于《贝奥武甫》,他认为只要从那长得使人厌烦的三千多行诗句里选一个片段,例如描写那个来自海洋、回归海洋的丹麦王朝的始祖许尔德的葬礼的部分,就足够了。他只字不提温斯罗普,但是温斯罗普始终觉得遭到冒犯。他不计较藐视,但抨击他的教学方法却难以容忍。

剩下的天数不多了。温斯罗普力求办事公道,不少人已经看到并且在谈论埃纳尔松的文章,他不能让他的决定受到影响。这可不是容易的事。一天上午,温斯罗普找系主任谈话;当天下午,埃纳尔松接到了前去威斯康星出席会议的正式通知。

出发日期定在三月十九日，埃纳尔松前一天来到埃兹拉·温斯罗普的办公室辞行并表示感谢。办公室有一扇窗子外面是绿树成荫的斜街，窗户两旁是书架；埃纳尔松立即注意到羊皮纸装订的冰岛《埃达》的初版本。温斯罗普说他深信埃纳尔松能很好地完成使命，没有感谢的必要。如果我没有记错，那次谈话时间很长。

"我们不妨开诚布公地谈谈，"埃纳尔松说。"大学里谁都知道，我之所以有幸受我们的系主任李·罗森塔尔博士委派充当会议代表，完全是您的推荐。我一定不辜负你们的信任。我是个优秀的日耳曼语言文化学者，我从小用的就是萨迦的语言，我说的盎格鲁－撒克逊语比我的英国同事还好。我的学生说的也十分规范。他们知道我绝对禁止他们在课堂上吸烟，不准他们打扮得像嬉皮士。至于我那位落选的竞争对手，如果我批评他未免太不漂亮了；他那本《隐喻表达法的历史溯源》非但参考了原始材料，还参考了迈斯纳和马夸特的有关著作。且不谈那些空话。温斯罗普博士，有些私人的事我得向您解释。我是一九六七年年底离开我的国家的。人们决定移居一个遥远的国家，必须在那个国家出人头地。

我开头两篇纯粹属于语言学范畴的小文章只是想证明自己的能力。这显然是不够的。我对莫尔登的叙事歌谣一向很感兴趣,基本上能背诵下来。我设法让耶鲁大学发表了我那篇评论。您很清楚,叙事歌谣是斯堪的纳维亚的一大成就,但是要说它影响了后来的冰岛萨迦,我认为那种观点是不能接受和荒谬的。我之所以写进文章里是为了让讲英语的读者高兴。

"现在我们来谈谈关键问题:《耶鲁月报》上我那篇引起争论的文章。您大概注意到,那篇文章用意是证明或者试图证明我的方法的正确性,但我故意夸大了您方法的不利之处,您的方法让学生们不厌其烦地读三千行复杂的诗句,了解一个复杂的故事,作为交换的是,假如他们半途而废的话,就可以掌握大量词汇,有条件欣赏盎格鲁-撒克逊文学的核心。我真正的目的是参加威斯康星会议。我亲爱的朋友,您和我都知道那类会议毫无意义,白花钱,只不过履历上增添了一点光彩。"

温斯罗普吃惊地瞅着他。温斯罗普是个聪明人,凡事认真对待,包括代表会议和宇宙,而宇宙很可能是个大玩笑。

埃纳尔松接着说：

"您或许记得我们第一次谈话的情况。我刚从纽约来。那天是星期日，大学食堂不开，我们去夜鹰咖啡馆吃饭。那次我懂得了不少东西。作为善良的欧洲人，我一向认为南北战争是对主张奴隶制的人的一次十字军式的讨伐；您却说南方有权利希望脱离联邦，保持他们的制度。为了强调您的观点，您特意指出您是北方人，父辈中间有人在亨利·哈勒克[1]部下打过仗。您还赞扬南部联邦分子的勇气。和别人不同，我几乎立刻了解您的另一面。那个上午就够了。我亲爱的温斯罗普，我知道支配您的是美国人奇特的公平精神。您首先希望做到公正。正由于您是北方人，您试图理解南方的立场，并且为之辩护。当我了解我的威斯康星之行有赖于您在罗森塔尔面前美言几句，我便决定利用我的小小发现。我知道抨击您一贯遵行的教学方法是取得您支持的最有效的手段。我当即写了我的论文。《耶鲁月报》的规矩使我署名时不得不用姓名缩写，但我尽可能让人知道作者的真实身份。我甚至向

---

[1] Henry Halleck（1815—1872），美国南北战争中联邦军将领。

许多同事透露。"

两人沉默了好久。温斯罗普先开口。

"现在我明白了,"他说。"我是赫伯特的好朋友,我器重他,您却直接或间接攻击我。如果我不支持您,就显得像是报复。我权衡了两人的长处,结果是您看到的。"

他仿佛自言自语地补充说:

"我也许在不打击报复的虚荣心前面让了步。正如您看到的,您的策略奏了效。"

"策略这个词用得好,"埃纳尔松说。"但我并不为我的所作所为感到后悔。我按对学院最有利的方式行事。何况我早已决心去威斯康星。"

"我遇见的第一个北欧海盗,"温斯罗普瞪着他说。

"另一个浪漫的迷信。斯堪的纳维亚人不一定是北欧海盗的后代。我的父辈是福音教会称职的牧师;十世纪初,我的祖先也许是称职的雷神教的祭司。据我所知,我的家庭里好像没有航海的。"

"我的家族里倒有不少,"温斯罗普说。"尽管如此,我们之间的差别不是很大。我们都有虚荣的毛病。您来看我是炫耀您出色的策略，我当初支持您是炫耀我的正直。"

"我们还有一个共同点，"埃纳尔松说。"国籍。我是美国公民。我的归宿在这里，不在世界的尽头。您会说护照并不能改变人的性格。"

他们握手告别。

阿韦利诺·阿雷东多

事情发生在蒙得维的亚,时间是一八九七年。

每星期六,几个朋友总是占着环球咖啡馆靠墙的那张桌子,正像那些正派的穷人一样,他们知道家里太寒碜,不能招待客人,但又想逃避自己的环境。他们都是蒙得维的亚人,一开始他们就觉得很难和阿雷东多搞熟,阿雷东多是从内地来的,不愿推心置腹,也不多问多说。他年纪二十出头,瘦削黝黑,身材要算矮的,动作有点笨拙。他的眼睛似乎睡眯眯的,但咄咄逼人,除此之外相貌十分平凡。他是布宜诺斯艾利斯街一家杂货店的店员,空余时间在学法律。当别人谴责战争,说战争替国家带来灾难,并且和大多数人一样说总统出于不可告人的目的在拖延战争时,阿雷东多一声不吭。

当别人取笑他,说他吝啬时,他也不言语。

白山之役后不久,阿雷东多对伙伴们说他有事去梅塞德斯,要离开一段时期。这个消息没有使谁感到不安。有人提醒他,对阿帕里西奥·萨拉维亚的高乔兵要多加小心,阿雷东多笑笑回说他不怕白党。提醒他的人支持白党,不再说什么。

他同女朋友克拉拉告别时难分难舍。他说的还是那些话,不同的是,他说此去很忙,不会有空给她来信。克拉拉本来不喜欢写信,对这也没有意见。他们两人感情很好。

阿雷东多住在郊区。有个黑白混血女人伺候他,大战时期[1],那女人的父母是阿雷东多家的奴隶,因此沿用了主人的姓。那女人十分可靠;阿雷东多吩咐她,不管有谁找他,就说他在乡下。他已经领了杂货店最后一个月的工资。

他搬到后面泥地院子的一个房间。这个措施毫无用处,不过帮助他开始了他强加在自己身上的幽禁生活。

他恢复了午睡的习惯,躺在狭窄的铁床上有点悲哀地望

---

[1] 指1839至1852年间乌拉圭总统里韦拉反对阿根廷独裁者罗萨斯的战争。

着空空的搁板。他把书全卖了，连法学入门的书也没有保留。他只剩一部《圣经》，以前从未看过，这次也不会看完。

他一页一页地翻阅，有时很感兴趣，有时又觉得腻烦，他强迫自己背出《出埃及记》的某些章节和《传道书》的结尾部分。他不想弄懂所看的东西。他是自由思想者，但每晚睡觉前必定要念祈祷文，来蒙得维的亚之前，他向母亲保证这样做，违反当儿子的诺言可能会给他带来厄运。

他知道他的目标是八月二十五日上午。他知道还要熬过的日子的确切数目。目标一旦实现，时间也就停止，或者说得更确切些，以后发生的事就无关紧要了。他像期待幸福或者解脱那样期待着那一天。他拨停了钟，以免老是去看，但每晚听到黑暗中传来的午夜钟声时，他撕掉一张日历，心想：又少了一天。

最初，他想建立一种生活规律。他喝马黛茶，抽自己卷的烟，阅读浏览一定页数的书，当克莱门蒂娜给他端饭来时试图同她聊天，晚上熄灯之前复诵和润色某一篇演说。克莱门蒂娜上了年纪，同她攀谈不很容易，因为她的回忆停留在乡间和乡间的日常生活。

他有一个棋盘，自己胡下，从没有下完一盘。棋子缺一个车，他就用一颗子弹或者铜板代替。

为了打发时间，阿雷东多每天早晨用抹布和扫帚打扫房间，消灭蜘蛛。混血女人不喜欢看他干这种低三下四的琐事，这是她分内的活，再说阿雷东多也干不好。

他很想睡到日上三竿才起来，但已经养成了天亮就起身的习惯，改不过来了。

他十分想念朋友们，由于他以前落落寡合，朋友们就不记挂他，不免使他伤心。一天下午，有个朋友来找他，没进门厅就给回绝了。混血女人不认识那人，阿雷东多怎么也想不起是谁。以前他很喜欢读报，现在当天的大小事情一概不知，使他难受。他不是善于沉思冥想的人。

白天黑夜对他说来没有差别，星期天却不好打发。

七月中旬，他发现把时间划分成小块是个错误，不管怎么样，时间不分昼夜，总在流逝。于是他海阔天空，任凭自己的想象驰骋，他想如今在流血的乌拉圭广袤的土地，他放过风筝的圣伊雷内沟壑纵横的田野，一头现在多半已死掉的两色矮马，赶牲口的人驱赶牲口时升腾的尘土，每个月从弗赖本托斯运来杂货的疲惫不堪的驿车，三十三人登陆的阿格拉西亚达海滩，他想起飞瀑，山林，河流，想起他曾爬到灯塔所在的山顶，认为普拉塔河两岸再没有更美的风景了。有一次，他从海滩的小山翻越到后山，在那儿躺着睡熟了。

海风每晚带来凉爽，催人入睡。他从不失眠。

他全心全意地爱他的女朋友，但告诫自己说男子汉不该想女人，尤其是没有女人的时候。乡村生活使他养成洁身自好的习惯。至于另一件事……他尽量少想他憎恨的那个人。屋顶平台上的雨声陪伴着他。

对于被囚禁的人或者盲人来说，时间仿佛是缓坡上徐徐流去的河水。阿雷东多不止一次地达到那种没有时间概念的境界。第一个院落有一个水池，池底有个蛤蟆；他从未想到与永恒相连的蛤蟆的时间正是他寻觅的东西。

那日子临近时，烦躁的心情又一次冒头。一晚，他实在无法忍受，便上街走走。他觉得一切都变了样，比以前大。他拐过街角，看到灯光，走进那家杂货铺。既然进去了，便要了一杯白酒。有几个士兵胳臂肘支在木柜台上在聊天。其中一个说：

"你们都知道散布打仗消息是明令禁止的。昨天下午,我们遇到一件事,你们听了肯定会笑。我和几个伙伴走过《正义报》馆门口。我们在外面听到违反命令的声音。我们当即闯进去。编辑部办公室一片漆黑,我们朝说话的人开了一阵枪。他不再做声时,我们想把他拖出来示众,可是发现讲话的是一架叫作留声机的玩意儿。"

大家哈哈笑了。

阿雷东多在旁听着。那个士兵对他说:

"你觉得好笑吗,伙计?"

阿雷东多仍旧不做声。士兵把脸凑上来说:

"你马上喊胡安·伊迪亚尔特·博尔达[1],国家总统万岁!"

阿雷东多没有违抗。在嘲笑声中,他出了门。到街上时,他还听到侮辱的话。

"那个胆小鬼不敢发火,一点不傻。"

他表现得像是胆小鬼,但知道自己不是。他慢慢走回家。

八月二十五日,阿韦利诺·阿雷东多睡醒来时已过九点。

---

[1] Juan Idiarte Borda(1844—1897),乌拉圭总统,1894 年当选,1897 年遭暗杀。

他首先想到克拉拉,过后才想到那个日子。他舒了一口气说:等待的任务已经结束。这一天终于到了。

他不慌不忙刮了脸,镜子里的模样还是原来的他。他挑了一条红颜色的领带,穿上他最好的衣服。他很晚才吃饭。天空灰暗,像是要下雨;他一直想象应该是晴朗天气。他永远离开那间潮湿的屋子时有一丝悲哀。他在门廊里碰到那个混血女人,把身边剩下的几个比索全给了她。五金店招牌上的彩色菱形图案使他想起有两个多月没有注意到了。他朝萨兰迪街走去。那天是假日,行人很少。

他到马特里兹广场时三点的钟声还未敲响。感恩礼拜已经结束;一群绅士、军人和高级神职人员从教堂的台阶上缓缓下来,乍一看,那些礼帽(有的还拿在手里)、制服、金银丝绣、武器和法袍造成人数众多的幻觉;事实上一共不到三十人。阿雷东多没有胆怯,却有一种尊敬的感觉。他打听哪一位是总统。回答说:

"就是那个戴法冠、握法杖的大主教身边的一位。"

他拔出手枪,扣下扳机。

伊迪亚尔特·博尔达朝前踉跄几步,俯面倒在地上,清晰地说："我完啦。"

阿雷东多向当局自首。后来他声明：

"我是红党，我自豪地宣布自己身份。我杀了总统，因为他出卖并且玷污了我们的党。我同朋友和情人都断绝了往来，以免牵连他们；我不看报纸，以免人说我受谁唆使。这件正义之举由我一人承当。你们审判我吧。"

事情经过就是这样，尽管还要复杂一些，在我想象中是这样发生的。

圆　　盘

我是樵夫。姓甚名谁无关紧要。我住的一间木屋挨着树林，我在那里出生，要不了多久也将在那里死去。据说树林一直延伸到环抱陆地的海洋，树林里也有我家那样的木屋。我不能肯定，因为我从没有见过。树林那一边是什么模样，我也没有见过。小时候，哥哥让我发誓，我们两人要把树林统统砍光，一棵不剩。我哥哥已经去世，如今我寻找的是别的东西，我将继续寻找。西面有一条小河，我空手就能在河里抓到鱼。树林里有狼，可是狼吓不倒我，我的斧子从来没有让我失望。我不记自己的年岁。反正很大了。现在我眼睛看不见了。我不再进村子，进去了就摸不回来。村子里的人都说我吝啬，树林里的一个樵夫能攒多少钱呢？

我用一块石头顶住我家的门，免得雪花飘进来。一天下午，我听到沉重的脚步声，然后是敲门声。我开了门，进来的是个陌生人。一个高大的老人，裹着一条褴褛的毯子。他脸上有一条长长的刀疤。岁月给他增添的仿佛不是虚弱而是威严，但我注意到，他如果不拄拐杖行走十分困难。我们交谈了几句，具体内容我记不清了。他最后说：

"我无家可归，走到哪里就在哪里过夜。我已经走遍了撒克逊国度。"

那些话符合他的年龄。我父亲也说撒克逊国度，如今人们说英格兰。

我家里有面包和鱼。我们吃饭时没有说话。外面下雨了。我用几张皮子替他在泥地上准备了一个铺，我哥哥就在那里死的。天黑后我们各自睡觉。

天亮时，我们出门。雨停了，地上有一层新雪。他没有拿住拐杖，掉到地上，吩咐我替他拾起来。

"凭什么要我听你的？"我对他说。

"凭我是个国王，"他回说。

我以为他神经有病，但仍把拐杖拾起来递给他。

他再说话时口气大变。

"我是塞克金人的国王。我曾率领他们艰苦作战,多次赢得胜利,但是最终失去了我的王国。我名叫伊斯恩,我是奥丁的后代。"

"我不信奉奥丁神,"我对他说。"我信奉基督。"

他似乎没有听到,接着往下说:

"我虽然流亡,但仍旧是国王,因为我有圆盘。你想看看吗?"

他摊开瘦骨嶙峋的手。掌心是空的,什么都没有。那时我才注意到他先前一直攥着拳头。

他死死地盯着我说:

"你可以摸摸。"

我迟疑地把指尖伸向他的掌心。我觉得碰到了一样冷的东西,看到了闪亮。他猛然握紧拳头。我没有吭声。他像对小孩讲话似的耐心说:

"这是奥丁的圆盘。只有一个面。全世界找不出另一个只有一个面的东西了。只要我把它捏在掌心,我就一直是国王。"

"是金子做的吗？"我问他。

"不知道。是奥丁的圆盘，只有一个面。"

那时我起了贪念，想占有圆盘。假如归我所有，我可以把它换一根金条，成为国王。

我对那个我至今还厌恶的流浪汉说：

"我木屋里藏着一箱钱币。全是金的，像这把斧子一样闪亮。你给我奥丁圆盘，我就把那箱金币给你。"

他顽固地说：

"我不干。"

"那你就上路吧。"

他转过身去。我朝他脑后给了他一斧子，他跟跟跄跄倒了下去，倒地时手掌摊开了，我看到空中有亮光一闪。我用斧子在地上做了一个记号，把尸体拖到涨水的小河边，扔进河里。

我回到小屋，寻找圆盘。没有找到。好几年来，我仍在寻找。

沙 之 书

……你的沙制的绳索……

乔治·赫伯特[1]

线是由一系列的点组成的；无数的线组成了面；无数的面形成体积；庞大的体积则包括无数体积……不，这些几何学概念绝对不是开始我的故事的最好方式。如今人们讲虚构的故事时总是声明它千真万确，不过我的故事一点不假。

我单身住在贝尔格拉诺街一幢房子的五楼。几个月前的一天傍晚，我听到门上有剥啄声。我开了门，进来的是个陌生人。他身材很高，面目模糊不清。也许是我近视，看得不清楚。他的外表整洁，但透出一股寒酸。他一身灰色的衣服，手里提着一个灰色的小箱子。乍一见面,我就觉得他是外国人。开头我认为他上了年纪,后来发现并非如此,只是他那斯堪的纳维亚人似的稀疏的、几乎泛白的金黄色头发给了我错误的印象。我们谈话的时间不到一小时,从谈话中我知道他是奥克尼群岛[2]人。

我请他坐下。那人过了一会儿才开口说话。他散发着悲哀的气息,就像我现在一样。

"我卖《圣经》,"他对我说。

我不无卖弄地回说:

"这间屋子里有好几部英文的《圣经》,包括最早的约翰·威克里夫[3]版。我还有西普里亚诺·德巴莱拉[4]的西班牙文版,路德的德文版,从文学角度来说,是最差的,还有武加

---

1 George Herbert (1593—1633),英国玄学派诗人、牧师,著有诗集《寺庙》和散文集《寺庙的牧师》等。"沙制的绳索"指靠不住的东西。
2 苏格兰北面的群岛,首府为柯克沃尔。
3 John Wycliffe (1330—1384),英国宗教改革家,率人于 1380 至 1382 年间将《圣经》拉丁文版译成英文。
4 Cipriano de Valera (1532—1600),《圣经》西班牙文首个修订版的编纂者,该版本于 1602 年出版。

大拉丁文版[1]。你瞧，我这里不缺《圣经》。"

他沉默了片刻，然后搭腔说：

"我不光卖《圣经》。我可以给你看看另一部圣书，你或许会感兴趣。我是在比卡内尔[2]一带弄到的。"

他打开手提箱，把书放在桌上。那是一本八开大小、布面精装的书。显然已有多人翻阅过。我拿起来看看，异乎寻常的重量使我吃惊。书脊上面印的是"圣书"，下面是"孟买"。

"看来是十九世纪的书，"我说。

"不知道。我始终不清楚，"他回答说。

我信手翻开。里面的文字是我不认识的。书页磨损得很旧，印刷粗糙，像《圣经》一样，每页两栏。版面分段，排得很挤。每页上角有阿拉伯数字。页码的排列引起了我注意，比如说，逢双的一页印的是40,514，接下去却是999。我翻过那一页，背面的页码有八位数。像字典一样，还有插画：

---

1 即《圣经》武加大译本，是5世纪译自希腊文的拉丁文版本，后来主要的《圣经》版本都依据该版本。
2 印度西北部拉贾斯坦邦西部城市。

一个钢笔绘制的铁锚,笔法笨拙,仿佛小孩画的。

那时候,陌生人对我说:

"仔细瞧瞧。以后再也看不到了。"

声调很平和,但话说得很绝。

我记住地方,合上书。随即又打开。尽管一页页地翻阅,铁锚图案却再也找不到了。我为了掩饰惶惑,问道:

"是不是《圣经》的某种印度斯坦文字的版本?"

"不是的,"他答道。

然后,他像是向我透露一个秘密似的压低声音说:

"我是在平原上一个村子里用几个卢比和一部《圣经》换来的。书的主人不识字。我想他把圣书当作护身符。他属于最下层的种姓,谁踩着他的影子都认为是晦气。他告诉我,他那本书叫'沙之书',因为那本书像沙一样,无始无终。"

他让我找找第一页。

我把左手按在封面上,大拇指几乎贴着食指去揭书页。白费劲:封面和手之间总是有好几页,仿佛是从书里冒出来的。

"现在再找找最后一页。"

我照样失败。我目瞪口呆，说话的声音都变得不像是自己的：

"这不可能。"

那个《圣经》推销员还是低声说：

"不可能，但事实如此。这本书的页码是无穷尽的。没有首页，也没有末页。我不明白为什么要用这种荒诞的编码办法。也许是想说明一个无穷大的系列允许任何数项的出现。"

随后，他像是自言自语地说：

"如果空间是无限的，我们就处在空间的任何一点。如果时间是无限的，我们就处在时间的任何一点。"

他的想法使我心烦。我问他：

"你准是教徒喽？"

"不错，我是长老会派。我问心无愧。我确信我用《圣经》同那个印度人交换他的邪恶的书时绝对没有蒙骗。"

我劝他说没有什么可以责备自己的地方，问他是不是路过这里。他说打算待几天就回国。那时我才知道他是苏格兰奥克尼群岛的人。我说出于对斯蒂文森和休谟的喜爱，我对苏格兰有特殊好感。

"还有罗比·彭斯[1],"他补充道。

我和他谈话时,继续翻弄那本无限的书。我假装兴趣不大,问他说:

"你打算把这本怪书卖给不列颠博物馆吗?"

"不。我卖给你,"他说着,开了一个高价。

我老实告诉他,我付不起这笔钱。想了几分钟之后,我有了办法。

"我提议交换,"我对他说。"你用几个卢比和一部《圣经》换来这本书,我现在把我刚领到的退休金和花体字的威克里夫版《圣经》和你交换。这部《圣经》是我家祖传。"

"花体字的威克里夫版!"他咕哝说。

我从卧室里取来钱和书。我像藏书家似的恋恋不舍地翻翻书页,欣赏封面。

"好吧,就这么定了,"他对我说。

使我惊奇的是他不讨价还价。后来我才明白,他进我家门的时候就决心把书卖掉。他接过钱,数也不数就收了起来。

---

[1] 即罗伯特·彭斯(Robert Burns, 1759—1796),苏格兰诗人。

我们谈印度、奥克尼群岛和统治过那里的挪威首领。那人离去时已是夜晚。以后我再也没有见到他，也不知道他叫什么名字。

我本想把那本沙之书放在威克里夫版《圣经》留下的空当里，但最终还是把它藏在一套不全的《一千零一夜》后面。

我上了床，但是没有入睡。凌晨三四点，我开了灯，找出那本怪书翻看。其中一页印有一个面具。角上有个数字，现在记不清是多少，反正大到九次幂。

我从不向任何人出示这件宝贝。随着占有它的幸福感而来的是怕它被偷掉，然后又担心它并不真正无限。我本来生性孤僻，这两层忧虑更使我反常。我有少数几个朋友，现在不往来了。我成了那本书的俘虏，几乎不再上街。我用一面放大镜检查磨损的书脊和封面，排除了伪造的可能性。我发现每隔两千页有一帧小插画。我用一本有字母索引的记事簿把它们临摹下来。簿子不久就用完了。插画没有一张重复。晚上，我多半失眠，偶尔入睡就梦见那本书。

夏季已近尾声，我领悟到那本书是个可怕的怪物。我把自己也设想成一个怪物：睁着铜铃大眼盯着它，伸出带爪的十指拨弄它，但是无济于事。我觉得它是一切烦恼的根源，是一件诋毁和败坏现实的下流东西。

我想把它付之一炬，但怕一本无限的书烧起来也无休无止，使整个地球乌烟瘴气。

我想起有人写过这么一句话：隐藏一片树叶的最好的地点是树林。我退休之前在藏书有九十万册的国家图书馆任职，我知道门厅右边有一道弧形的梯级通向地下室，地下室里存放报纸和地图。我趁工作人员不注意的时候，把那本沙之书偷偷地放在一个阴暗的搁架上。我竭力不去记住搁架的哪一层，离门口有多远。

我觉得心里稍稍踏实一点，以后我连图书馆所在的墨西哥街都不想去了。

后　记

替一本没有看过的短篇小说集子写序言几乎是不可能的事，小说情节需要分析，事先无从猜测。因此，我宁愿写后记。

第一篇故事采用了双重性的老主题，斯蒂文森多次用过，得心应手。在英国，它被称作 fetch（生魂），或者说得更书卷气一些，wraith of the living（生者的幻影）；在德国，它被称作 Doppelgaenger（面貌极相似者）。我猜测它最早的名称是拉丁文里的 alter ego（另一个我）。这种幻影也许来自金属镜子或者水面，或者干脆来自记忆，以至于每人既成为观众又成为演员。我的责任是使对话者的区别足以显出是两个人，而相似之处又显得像是一个人。我把故事背景安排在新英格兰的查尔斯河畔,那里寒冷的河水让我回忆起遥远的罗纳河,这一点就不多说了。

我的诗歌中常常出现爱情的主题;散文却不然,《乌尔里卡》是这方面唯一的例子。读者可以注意到它和《另一个人》在形式上有相似之处。

《代表大会》或许是这个集子里最匪夷所思的一篇虚构作品,主题涉及的是一项浩繁的工程,最终同空间的宇宙和时间的天数混淆起来了。朦胧的开端有模仿卡夫卡的小说之嫌,结尾想同切斯特顿或者约翰·班扬的心醉神迷媲美,当然不算成功。我一向无缘得到那种启示,但我努力争取。写作过程中,我按照自己的习惯糅进了自传式的痕迹。

人所共知,命运是不可捉摸的;我一向认为洛夫克拉夫特的游戏文章不自觉地模仿了爱伦·坡,我也跃跃欲试想写一篇模仿洛夫克拉夫特的东西,结果不尽如人意,就是题为《事犹未了》的那篇故事。

《三十教派》毫无文献根据,叙说了一个可能发生的异端邪说的故事。

《奇遇之夜》或许是这个集子里最单纯、最剧烈、最狂热的故事。

《通天塔图书馆》[1]（一九四一年）设想了无穷无尽的书籍，题材古老的《翁德尔》和《镜子与面具》讲的是一个词。

《一个厌倦的人的乌托邦》在我看来是这个集子里最认真、最忧郁的一篇。

北美人在道德问题上的执意一向让我吃惊，《贿赂》试图反映这一特点。

尽管有约翰·费尔顿[2]、夏洛特·科尔代[3]、里韦拉·因达尔特的名言（"杀死罗萨斯是神圣的行动"）和乌拉圭国歌中的词句（"对付暴君要用布鲁图[4]的匕首"），我不赞成政治暗杀。不管怎样，读者看了阿雷东多独自行刺的故事后，可能希望知道结果如何。路易斯·梅利安·拉菲努尔请求赦免他，但

---

1 该篇收录于短篇集《小径分岔的花园》。
2 John Felton（1595—1628），英国军官，先后参加英国对西班牙和法国发动的战争，1628年8月23日暗杀了主战的白金汉公爵，被判绞刑。
3 Charlotte Corday（1768—1793），法国女子，大革命时期支持温和共和派吉伦特派，对激进派不满，刺死了革命领袖马拉，1793年7月17日被推上断头台。
4 Marcus Junius Brutus（前85—前42），罗马恺撒大帝的好友，后反对恺撒独裁，参与刺死了恺撒。

是卡洛斯·费恩和克里斯托瓦尔·萨尔瓦涅克两位法官判他一个月单独监禁和五年徒刑。蒙得维的亚现今有一条街道以他命名。

最后两篇故事的素材有两件相反的、难以想象的东西。"圆盘"是只有一个面的欧几里得几何学的圆,"沙之书"是一部有无穷无尽页数的书。

但愿我匆匆口授的这篇后记并不是这个集子的结束,希望它的幻想在刚刚掩卷的读者的丰富想象中滋蔓。

豪·路·博尔赫斯
一九七五年二月三日,布宜诺斯艾利斯

莎士比亚的记忆

陈泉 译

一九八三年八月二十五日

我看到小站的钟已经过了晚上十一点。我走到那家饭店。就像往常一样,我顿时感到因来到一个非常熟悉的地方而特有的那种满足和宽慰。宽大的门还敞开着:那是黑夜中的一座乡间别墅。我走进门厅,惨淡的镜子里重复着大厅里的植物。很奇怪,那饭店老板竟然没有认出我,把登记簿递给我。我拿起系在桌子上的笔,在紫铜墨水瓶里蘸了一下,正弯下腰准备写字的时候,发生了那天晚上我碰到的一连串怪事中的第一件。我的名字,豪尔赫·路易斯·博尔赫斯,已经写在了上面,而且墨迹未干。

老板对我说:"我以为您已经上楼了。"

然后他细看了我一下,纠正说:"对不起,先生。另一个人真是太像您了,不过您要年轻些。"

我问他:"他在哪个房间?"

"他要了十九号房间。"这就是回答。

这也正是我所害怕的事情。

我丢下笔,赶忙跑上楼去。十九号房间在三楼,面对一个可怜的、拆得差不多的院子,我记得那里曾经有一个栏杆,还有一张放在院子里的长凳。这是饭店最高处的一个房间。门我一推就开了,吊灯也没有关。在无情的灯光下,我认出了我自己。在那张狭小的铁床边,背朝我坐着的正是我,显得更加衰老、瘦削和苍白,眼睛注视着房间高处的石膏装饰线条。一个声音传到我的耳边,不完全是我的声音,是我常常在自己录音中听到的那种不讨人喜欢的、没有色彩的声音。

"真怪,"他说,"我们是两个人,又是同一个人。但是这在梦中就一点也不奇怪了。"

我害怕地问:"那么说,这一切都是梦?"

"我肯定,这是我最后一个梦。"

他拿起台灯下大理石桌面上的一个空瓶子。"但是,在你到达今天这个晚上之前,你还得做很多很多的梦。今天是几月几日？"

"我不是很清楚，"我困惑地对他说。"不过我昨天正好满六十一周岁了。"

"如果你的人生能到达今天这个晚上，那么你昨天是八十四周岁。今天是一九八三年八月二十五日。"

"还要等那么多年啊！"我咕哝着。

"我已经什么也不剩了，"他突然说。"我随时可能死去，随时可能死于我也不知道的事情，我会继续做双重的梦。这是镜子和斯蒂文森给我揭示的讨厌的主题。"

我感到对斯蒂文森的追忆乃是一种告别，而不是什么故弄玄虚。我就是他，我能理解。并不只是那些最具戏剧性的时刻才能成为莎士比亚，才能发现万古铭记的佳句。为了分散他的注意力，我便说：

"我早就知道你会这样的，几年前。就在这个地方，在楼下的某一个房间，我们就开始起草这个自杀的故事了。"

"是的，"他慢慢地回答我，好像在汇集种种记忆。"但是我不认为这有什么联系。在那个草稿中，我买了一张去阿德罗格的车票，来到拉斯德利西亚斯饭店后，就直奔最偏僻的十九号房间。我就在那里自杀了。"

"所以我就来这里了。"我说。

"这里？我们一直在这里的。我在这里梦见你待在马伊普大街的家里。我正在这里走动，在母亲过去的房间里。"

"在母亲过去的——"我重复着但并不想理解。"我梦见你在十九号房间，对着楼上的院子。"

"究竟是谁梦见谁呀？我知道我梦见了你，但是我不知道你是否在梦见我。阿德罗格的那家饭店已经拆了这么多年了，二十年，也许三十年了。谁也说不清楚。"

"做梦的是我，"我略带挑战似的反驳说。

"你不知道吗，问题的根本是要弄清楚，究竟是一个人在做梦，还是两个人相互在做梦。"

"我是博尔赫斯，看到你的名字写在登记簿上，就上楼来了。"

"博尔赫斯是我，我正在马伊普大街慢慢地死去。"

沉寂了一会儿，他对我说：

"咱们来做个试验，我们一生中什么时刻最可怕？"

我靠在他身上，我们两个人同时开了口。我知道我们俩都在撒谎。

一丝微笑显露在他老态的脸庞。我感到这微笑在某种程度上也反映了我的微笑。

"我们都讲了假话,"他对我说。"因为我们觉得是两个人而不是一个人。事实是我们既是两个人又是一个人。"

这段谈话刺伤了我,我就是这么对他说的。

我又说:

"现在是一九八三年,有关我将要度过的年月,难道你什么也不愿意向我揭示吗?"

"可怜的博尔赫斯,我能给你说什么呢?你已经习以为常的不幸将会再次出现。你将一个人待在这个家里。抚摸没有字母的书本,还有那斯维登堡奖章和画有联邦十字的木头方盘。失明并不是什么迷雾,它是一种孤独。你将回到冰岛。"

"冰岛!大海中的冰岛!"

"在罗马,你将背诵济慈的诗句,他的名字就像所有人的名字一样,都是写在水上的。"

"我从未到过罗马。"

"还有别的事情。你将写出我们最好的诗句,那将是一首挽歌。"

"为了……的故世,"我说,但没敢讲出名字。

"不对,她比你活得更长。"

我们俩沉默了一会儿。他接着说:

"你将写一本我们多年来梦寐以求的书。到一九七九年,你可能已经明白,你所谓的著作不过是一系列的草稿,是一些杂七杂八的稿子而已,你将会屈服于一种虚浮而迷信般的企图,想写你伟大的书。这是歌德的《浮士德》,还有《萨朗波》和《尤利西斯》所灌输给我们的迷信。我不可思议地写满了很多很多页。"

"但是到最后你明白你已经失败了。"

"比这还要糟糕,我明白那是一部最大意义上的杰作。我的良好愿望没有超出那头几页,其余的尽是些迷宫,刀剪,自认为是幻象的人,自认为是现实的虚象,黑夜里的老虎,浴血的战役,失明而又不幸的胡安·穆拉尼亚,马其顿的声音,死人指甲做成的船,下午经常重复的古代英语。"

"这种博物馆我司空见惯,"我讽刺地说。

"还有虚假的回忆,象征符号的双重游戏,漫长的例举,平淡手法的妙用，批评家欣喜发现的不完美的对称，并不总是不足为信的引证，等等。"

"你这本书出版了吗？"

"我不很信服地耍弄了一下带有伤感的毁稿企图，也许是把稿子烧掉吧。我用一个假名在马德里发表了这个稿子。讲的是一位蹩脚的博尔赫斯的模仿者，他的缺点是他并不是博尔赫斯，却在重复他外部的一切。"

"这个我不觉得奇怪，"我说。"任何一位作家都会成为他不甚聪明的徒弟。"

"这本书就是曾经把我带到这个晚上的道路之一。至于其他的道路……老年的低微，对于自己已经生活过每一天的信念……"

"我不写这本书了，"我说。

"你会写的。我说的话，现在还是现实，将来不过是一个睡梦的记忆罢了。"

我讨厌他说教似的口气，毫无疑问这正是我上课时用的口气。我讨厌我们是那么相像，讨厌他利用自己濒临死亡而具有的豁免力。为了出我这口怨气，我说：

"你那么肯定你会死吗?"

"是的,"他反驳我说。"我现在感到一种从未感受到的甜美和轻松。我表达不出来。所有的言辞都需要一种共同的经验。为什么好像我对你说的话会使你很不高兴?"

"因为我们太相像了。我讨厌你的脸,那是我的讽刺画;我讨厌你的声音,那是我的仿制品;我讨厌你带伤感的句式,那也是我的句式。"

"我也一样,"他说。"所以我决定自杀。"

一只飞鸟在乡间别墅叫了一声。

"那是最后一声,"他说。

他做了个姿势叫我到他身边。他的手碰到我的手,我缩了回来,我害怕两只手会搞混。

他对我说:

"禁欲主义者说我们不应该抱怨生活,监狱的门是敞开的。我一直是这样理解的,但是懒散和怯懦把我吞噬了。大约十二天前,我在拉普拉塔作了关于《埃涅阿斯纪》第六书的报告。在讲解一首六音步诗时,我突然明白了什么是我的道路。我做了这个决定。从那以后我就觉得自己不会再受到伤害。我的命运将是你的命运，你将会得到突然的启示。在拉丁语和维吉尔之中，你会完全忘却这奇怪的带有预言性的对话，它发生在两个时间和两个地方。当你再次做梦时，你将是现在的我，而你则成为我的梦。"

"我记住了，明天我就写出来。"

"它将留在你记忆的深处，在你梦海激浪的下边。当你写的时候，你会觉得与一个梦幻故事相联系。不是明天，你还有很多年呢。"

他不说话了，我明白他已经死了。在某种程度上，我也跟他一起死了。我痛苦地倒向枕头，上面已经没有人了。

我逃出房间。外边，院子不见了，大理石台阶也没有了，静谧的大房子、桉树、雕像、凉亭、喷泉都不见了，连阿德罗格乡间别墅带栅栏的大门也没有了。

外面等待着我的是另一些梦。

蓝　　虎

布莱克的一篇著名作品中把老虎写成一种耀眼的火焰，是一种罪恶的永恒的原型。我比较喜欢切斯特顿的说法，他认为老虎象征着一种可畏的高雅。而且没有别的言辞可以成为老虎这个多少世纪以来深深地埋在人们想象中的动物的暗号。老虎总是吸引着我。记得小时候，我常常在动物园的某个笼子前逗留，而别的笼子我毫不在意。我常常根据老虎图片的好坏，来评判一部百科全书或者自然史某篇文章的水平高低。在看了《丛林故事》一书后，我对老虎希尔汗居然成为英雄的敌人这一点很不高兴。时间在推移，但是我这奇怪的爱好却从未离开过我。这种爱好居然超越了我自相矛盾的想当猎手的愿望，也超越了人生通常遇到的种种磨难而始终存于心间。直到不久前——我总觉得那是个遥远的日子,但实际上并非如此——它还跟我在拉合尔大学日常的工作平静地相处了一段时间。我是东西方逻辑学教师。我的星期天都献给了一个关于斯宾诺莎著作的研讨班。我要补充一句,我是苏格兰人,我对老虎的偏爱也许是从阿伯丁带到旁遮普的。我的生活历程很普通,我经常梦中看到老虎。(现在我梦中见到的都是别的东西了。)

我曾不止一次地讲起这些事情,现在我倒觉得像是别人的事情了。但我还是要抛给你们,因为我的坦诚要求我这样做。

一九〇四年末,我读到一条消息称,恒河三角洲地区发现了一种蓝色的老虎。这一消息后来又被常有矛盾或分歧的电讯所证实。我的旧爱又重新被鼓动了起来。我怀疑那是一个错误,因为关于颜色的名称常常不那么精确。我记得我读到过,埃塞俄比亚的名字在冰岛语中是"布拉兰",蓝色的土地或者黑人的土地。蓝虎完全有可能是一只黑豹。丝毫没有提到过蓝虎的条纹和图案有伦敦报刊所散布的那种银色条纹。很明显那是不足为信的。想象中的蓝色我觉得更适合于纹章学而不是现实。一次在梦中我看到蓝色的老虎,那种蓝是我从未见过的,我还没有找到恰当的词。我知道几乎是黑色,但是在那种情况下,想象具体的色调是没用的。

几个月后,一位同事对我说,离恒河很远很远的地方有那么一个村庄,他曾听人讲起过蓝虎。这个情况不禁使我惊讶不已,因为我知道,那个地区是很少有老虎的。于是我又一次梦见蓝虎了,它行走时会把它长长的身影留在沙土上。我利用假期去那个村庄做了一趟旅行,这个村子的名字,由于下面要解释的理由,我不想去记它。

我赶到那里时雨季已经结束了。村子蹲伏在一座宽大而并不很高的山峰脚下,周围是层层逼近的、茂密的褐色热带丛林。吉卜林的某个作品中就有我憧憬冒险的村庄,而整个印度都处在这种冒险之中,从某种意义上说,整个世界也都如此。我只想提一下,一条沟壑,上面有几座摇摇晃晃的芦苇秸秆桥,简直难以保护村庄里的房舍。再往南是沼泽地和稻田,一块低洼地上流淌着一条泥泞的小河,我从来搞不清楚这河叫什么名字。再往下又是热带丛林。

居民是信印度教的。这个情况我是早就预料到的,我不喜欢。我跟穆斯林总是相处得要好些，尽管我知道，伊斯兰教在源自犹太教的宗教信仰中是最不幸的。

我们总感到印度人繁衍生息特别快，到了村子里我才感到，繁衍生息快的应该是热带丛林，几乎要长进屋里了。白天是压抑的，晚上也不凉快。

老人们对我表示了欢迎，我跟他们稍稍对答了几句，那是礼节性的寒暄。我说过那地方很穷，但是我知道，所有的人都会觉得自己的祖国总有些独特的东西。我对他们捉摸不透的房舍，对他们同样难以捉摸的食物大加赞扬，我还说这地区的名声一直传到了拉合尔。他们的脸色变了，我顿时觉察到自己做了一件傻事，应该感到后悔。我感到他们有一个秘密，不愿意跟陌生人讲。也许他们对蓝虎很崇敬，有一种信仰，我冒失的言辞显然亵渎了他们的信仰。

等到第二天的早上，我吃罢了饭，喝完了茶，便提起了我的事，尽管前一天我并不明白，也没有搞清楚所发生的事情。大家都傻乎乎看着我，几乎带着恐惧。但是，当我告诉他们我的目的只是逮住那只皮色古怪的野兽时，他们才舒了口气。有人还说曾在远处丛林边看到过的。

半夜里他们把我叫醒。一个小伙子告诉我说,有一只山羊逃出了圈栏,在找羊的时候,在河对岸看到了那只蓝虎。我想朔月之下是看不清楚颜色的,但是大家都肯定那说法,连上次保持沉默的也有人说看到了。我们带着来复枪出发了,我看到,或者说是我觉得看到有个老虎影子消失在幽黑的丛林之中。他们没有找到山羊,但是叼走那山羊的野兽完全有可能不是我的蓝虎。他们跟我强调看到的踪迹,当然是什么也证明不了的踪迹。

几个晚上之后,我明白那些虚假的紧急情况乃是老调重弹。正如丹尼尔·笛福所说,当地人很善于随机编造踪迹。随便什么时候,在南面的稻田附近,或是北面的丛林那边,都会看到那只老虎,但是很快我便发现,看到蓝虎的人是以一种令人狐疑的规律在轮转,而且我每赶到一个地方,那只蓝虎总是刚刚逃走,分秒不差。总要指给我看一些踪迹,但是人的手是可以造出老虎踪迹的。我还不止一次地看到死狗。一个月光之夜,我们放一只山羊作为诱饵,但是我们空等到黎明。我起初想这些日复一日的童话是为了延长我的逗留时间,因为这对村里有好处,因为当地人可以卖给我食物,帮我做家务活。为了证明这种猜想，我对他们说，我想去下游的另外一个地方去找老虎。令我惊讶的是他们居然都同意我的决定。但是，我进而发现他们有一个秘密，死死地防着我。

我讲过村子是蹲伏在一座不很高的密林小山脚下的，山上是一块高地。向西和向北那一边依然是热带丛林。因为山坡并不崎岖，有一天下午我建议去爬那座山。我寥寥数语竟使他们很沮丧。有一个人嚷道，那山坡是很陡峭的。年纪最大的一个一本正经地说我的想法是无法实现的。山顶是个圣地，有魔法禁止人们接近。以世人的脚去踩这块圣地，就有看到神灵的危险，有可能变成疯子或瞎子。

我没有再坚持，但是当天晚上，在大家入睡以后，我悄然无声地溜出房间，爬上了缓缓而上的山坡。没有路，是那灌木丛耽搁了我不少时间。

月亮还在地平线处。我非常注意观察每一样东西，好像我预感到那一天将是非常重要的一天，也许是我逗留中最重要的一天。至今我还记得那浓浓的、有时几乎是黑黑的树叶。天亮时，森林中没有一只晨鸟欢歌。

我爬了二三十分钟之后来到了高地，一下子就感觉到这里比令人窒息的山脚下要凉快得多。我还证明，这不是什么峰巅，而是一块平台，并不很宽大。山的一翼，热带丛林正在向山上延伸。我感到很自由，觉得待在村子里简直是蹲监狱。我并不在乎当地人想骗我，我觉得从某种意义上来说他们还是孩子。

至于老虎……多次的失败已经打消了我的好奇心和我的信念，但我还是近乎机械地寻找着老虎的踪迹。

土地是龟裂而多沙的。在一条不很深并与别的裂纹分叉相交的裂缝中，我认出一种颜色。简直难以置信，正是我梦中老虎的那种蓝色。也许我从未见过这种颜色。我细看了一下。裂缝里充满着小石子，都一样大，圆圆光光的，直径只有几厘米。那整齐划一的外形使人觉得是人工之作，好像是筹码。

我弯下腰，把手伸进裂缝，取出几颗，感到一阵轻微的颤抖。我抓了一把藏在右边衣袋里，衣袋里有一把剪刀和一封来自阿拉哈巴德的信。这两件东西在我的历史中有其地位。

回到草棚，我脱下外套。躺在床上，再次做起老虎的梦来。梦中我看到了那种颜色，是梦见过的那只老虎的颜色，也是高地上小圆石的颜色。高高的太阳照在我脸上,把我晒醒了。我起了身。那把剪刀和那封信妨碍我取出小圆石。我先抓了一把,觉得还有两三颗。一阵痒痒,一阵轻微的颤抖使我的手发烫。我摊开手一看,原来是三四十颗小圆石。我敢发誓本来不超过十颗。我把石子放在桌上,再去找剩下的。我用不着数就知道小圆石已经成倍增加。我把小圆石合成一堆,想一个一个地数一遍。

这么简单的动作我却无法做到。死死盯住其中的一颗,用拇指和食指抓住它取出,却一下子变成了好几颗。我确认自己没有发烧,并且反复试了很多次。这奇迹愣是在重复。我顿时感到双脚和下腹部冰凉,双膝发抖。我不知道过了多少时间。

我不去看这些石子,把它们集成一堆,然后把它们扔出窗外。觉得这下子数目可以减少了,心中一阵奇怪的轻松。我紧紧地关上门,躺倒在床上。寻找着我原先的精确位置,竭力想说服自己刚才的一切都是梦。为了不再去想那些圆石,并以某种方式充填时间,我大声、缓慢而精确地重复着伦理学的八大定义和七大原则。我不知道是否有人帮助过我。正当我在驱邪祛魔时忽然听到敲门声。我本能地害怕是有人听到了我的自言自语,我打开了门。

原来是最年长的巴格万·达斯。猛然间,他的出现让我摆脱了刚才的一切。我们走了出去。我本指望那些圆石已经消失,它们却依然在地上。我也不知道是多少。

老人看看那些圆石,又看看我。

"这些石子不是这里的,是山上的。"他以一种并不属于他的声音对我说道。

"是的,"我回答说。接着我又不无挑战地补充说那是在高地上发现的,顿时又为自己的解释而脸红。巴格万·达斯并不理会我,着魔似的看着圆石。我命令他把它们收起来。他没有动。

我痛苦地承认,我曾拔出左轮手枪,以更大的嗓门重复我的命令。

巴格万·达斯咕哝起来:

"我宁可胸部吃一颗子弹也不愿意拿一颗蓝石子。"

"你是个胆小鬼!"我说。

我想我那时怒火并没有消减,但还是闭起眼睛,用左手抓起一把石子。我放下左轮手枪，把石子放到我摊开的右手掌。石子的数目多了许多。

我不知不觉已经逐渐习惯了这种变化。倒是巴格万·达斯的喊叫更叫我吃惊不已。

"这是会衍生的石子，"他叫了起来，"现在有很多，但是它们会变化的。形状像满月。这种蓝颜色只有在梦中才能见到。我们的祖先讲到过它的威力，他们没有骗我们。"

全村的人把我们团团围住了。

我感到自己是掌握这些奇迹的魔术师。面对着一致的惊诧，我抓起圆石，高高举起，然后让它们掉下来，把它们撒开，看着它们增长，奇怪地成倍增长。

人群越聚越多，一个个都迷惑不解又忐忑不安。男人们一定要他们的妻子看一看这个奇迹。她们有的用手臂遮住自己的脸，有的紧闭双眼。没有一个人敢触摸一下圆石，只有一个开心的孩子在玩这些石子。那时我感到这种乱糟糟的场面正在亵渎一种奇迹。我尽可能地拿起所有的石子，进了屋子。

也许我曾努力忘却那一天后来的事情，那是当时尚未了结的一系列倒霉事件中的第一件。事实是我现在真的记不起来了。快到傍晚的时候，我怀念起头天晚上的事来。那个夜晚并不特别顺利，因为像其他夜晚那样，尽是想着那老虎。我曾想借这个过去拥有权力、现在微不足道的形象来保护自己。蓝虎对我来说就像后来在澳大利亚发现的罗马人的黑天鹅那样平淡无奇。

我重读自己过去的笔记，发现我犯了一个极大的错误。在不恰当地被称作心理学的好好坏坏的书籍牵引下，不知道自己怎么会想到写出我的发现纪实的。也许我会坚持圆石的魔鬼性质。

如果有人对我说月亮上有几头犀牛，我也许会赞同或拒绝或不作判断，但是可以想象这些犀牛。然而，如果有人对我说月亮上的六七头犀牛可以是三头，我会事先肯定这个不可能。知道三加一等于四的人，他们不需要用硬币、骰子、棋子或铅笔来验证它。他们想象不出别的数字。有的数学家认为三加一乃是四的同义反复，是四的另一种说法……我，亚历山大·克雷吉，有幸在地球上所有的人之中发现了这个与人类头脑的根本规律背道而驰的事物。

起初，我害怕自己准是疯了，随着时间的推移，我觉得自己宁愿是个疯子，因为那样，我个人的梦想比起宇宙能够容忍混乱的明证来就不那么重要了。如果三加一等于二，或者等于十四，那么理智就是疯狂。

那时节，我染上了梦见圆石的习惯，如果这种梦哪一天不来，那就是给了我一点希望的缝隙。不久，它又变成一种恐惧。这种梦几乎都是一个样。一开始就预告着可怕的结局。一副螺旋式向下的铁栏杆和台阶，接下来是地窖或是一系列的地窖，沿着几乎是用铁镐挖出来的台阶，通向铁具室、锁具室、土窖和泥潭。在底部便是可以想见的裂缝，里面尽是圆石，也就是巨兽或者海怪之类，在《圣经》中它们象征着上帝的非理性。我醒来一阵发抖，圆石就在那抽屉里，随时准备着变化。

人们对我另眼相看了。那些他们称之为蓝虎的圆石，有一种神力碰上了我，但同时他们又认为我是亵渎山峰的罪人。因此无论晚上还是白天，神随时随刻都会惩罚我的。他们不敢向我进攻或者谴责我的行为，但是我注意到大家现在温顺得可怕。我再也没有看到那个玩过圆石的孩子。我害怕毒药或者背后给我捅匕首。一天早上，天还没有亮，我就逃出村子。我感到全村的人都在窥视我，而我的出逃则是一种解脱。从那天一清早开始，就再也没有人想去看那些圆石了。

我回到拉合尔。我的口袋里有一把圆石。见到我熟悉的书本也没有能给我带来自己一直寻找的解脱。我感到地球上依然存在那令人讨嫌的村子和热带丛林，依然是与高地相接的荆棘丛生的坡地。高地上仍是那些小裂缝，裂缝中是圆石。我的梦海混淆着、扩大着这些怪东西。村子是圆石，热带丛林是沼泽地，沼泽地是热带丛林。

我回避我的朋友们。我害怕自己会忍受不住诱惑，而给他们显示这个破坏人类科学的不堪忍受的奇迹。

我做了好几种试验。我在一颗圆石上画了个十字。把它跟别的混在一起。在一次或两次变化之后，尽管圆石的数量在增加，但是这颗圆石却不见了。我还用锉刀锉去一颗圆石的一段弧，再做类似的试验。结果这一颗也不见了。我用锥子在一颗圆石的中心打个孔，重新做试验。这一颗我又丢了。后来的一天，那颗画有十字的圆石又莫名其妙地回来了。这究竟是什么奇妙的空间，居然能吸收圆石，然后随着时间的推移又一颗一颗地归还，遵循的是一些不可思议的规律或者说是惨无人道的决定？

一种对当初创造出数学秩序的渴望，促使我努力在这些能衍生的荒唐石头那脱离数学常规的表现中寻找一种秩序。我想在这些不可预见的变化中发现一条规律。我奉献出许许多多的日日夜夜，想作出某种变化的统计。我保留着这个时期的一些本子，上面尽是些空洞的数字。我的做法是这样的。用眼睛数然后记下数字。接下来分成两小把，撒在桌子上。数出两堆的数字，记下来。然后，再重复前面的做法。结果寻找秩序、寻找流转中秘密的图表也只是徒劳。我得到的最大圆石数字是419，最小时为3。有的时候我在期待或者害怕圆石的消失。试了不多久，我便发现，孤立于其他圆石的单颗石子不会增长或者消失。

当然，做加减乘除的四则运算是不可能的。圆石否定算术，否定估算。四十颗圆石分开来可以得九,九再分可以得三百。我也不知道有多重。我没有称过，但是我肯定是一样重，都是很轻的。颜色总是那么蓝蓝的。

这些运算曾帮助我不至于发疯。在玩弄这些破坏数学这门科学的圆石时，我曾不止一次地想起希腊人的石子，这些正是头几个阿拉伯数字，还给那么多的语言留下"Cálculo"（计算）一词。我心想，数学的起源和现在它的终点，就在石子。要是毕达哥拉斯用这些圆石计算的话，那……

一个月以后我终于明白，混乱是无法摆脱的。难以驯服的圆石还在那里，总是引诱着人们去触摸，让人再次感到不安，老想扔掉它们，想看着它们增加或减少，看看是奇数还是偶数。我甚至害怕事情会传染，特别是手指老想去摆弄。

我曾一连好几天强迫自己必须时刻想着这些圆石，因为我知道忘却只能是很短暂的，不能容忍再次看到我的痛苦。

二月十日的晚上我没有睡觉。赶了一个通宵的路以后，清晨我躲进了瓦西尔汗清真寺的大门。那时辰还看不清东西的颜色。寺院里空无一人。我不知道自己为什么把双手伸进了水池中。进了屋子以后，我想，上帝和安拉是同一位不可思议人物的两个名字，于是我大声地祈求他们解脱我的重负。我一动不动地站着，等待着回答。

我没有听到脚步声，但是一个离我很近的声音在对我说："我来了！"

一个乞丐站在我的身边。我在晨曦中辨认出那穆斯林的缠头布，双目失明，黄绿色的皮肤和灰色的胡子，个子不高。

他伸过手来对我说，声音总是那么低。

"给我点施舍吧，穷人的保护神。"

我找了又找，回答他说：

"我一个铜板也没有。"

"你有很多的，"他这么说。

我右边的口袋里是圆石。我取出一个放进他空空的手心，一点声音也没有听到。

"你应该全都给我，"他对我说。"你不全都给我就是什么也没有给我。"

我明白了，我对他说：

"我希望你明白，我的施舍会很可怕的。"

他回答我说：

"难道这是我所能得到的唯一施舍，真是我的罪过。"

我把所有的圆石倒入他的手掌心，就像倒入海底，绝无声响。

然后他对我说：

"我还是不知道你的施舍到底是什么,可我的施舍却是极了不起的。你将拥有日日夜夜,拥有理智,拥有才能,拥有世界。"

我没有听到瞎子乞丐的脚步声,也没有看到他如何消失在晨曦中。

帕拉塞尔苏斯*的玫瑰

德·昆西:《作品集》,第十三卷第三百四十五页

在地下室占据两个房间的工作室里,帕拉塞尔苏斯正在向他的上帝,他不确定的上帝,任何一个上帝祈祷着,请求给他指派一位徒弟。夜幕降临。火炉里微弱的火苗照射出不规则的身影。站起来去点燃铁罐油灯实在太费劲。帕拉塞尔苏斯累得全无精神,早把他的祈祷忘得一干二净。当有人前来敲门时,黑夜已经抹去了积满灰尘的蒸馏器和试管。他懒洋洋地站起身子,走上简短的螺旋形台阶,打开其中的一扇门。进来一个陌生人。那个人也显得很累。帕拉塞尔苏斯给他指了一张凳子,他就坐下来等着。好长一会儿两个人没讲话。

倒是师傅第一个开了口。

"我记得西方人的脸,也记得东方人的脸,"他不无庄重地说。"可我不记得你的脸。你是谁?你想要我干什么?"

"我的名字无关紧要,"对方说。"我走了三天三夜才赶到你的家。我想做你的徒弟,我把我所有的家产都带来了。"

他取出一个细长的布袋子,把里面的东西倒在桌子上。钱不少,而且都是金币。他是用右手倒袋子的。帕拉塞尔苏斯正好背朝着他去点灯。等他转过身子,看到那个人左手拿着一枝玫瑰。这玫瑰使他不安起来。

他斜靠在座椅里,合拢起手指尖,说:

"你以为我能造出点金宝石来换你所有的金玩意儿,所以你要给我金子。我寻找的可不是金子,如果金子对你那么重要的话,你永远成不了我的徒弟。"

"金子对我并不重要,"对方回答说。"这些钱币只不过代表了我渴望工作的一点儿心意。我希望你教我技艺。我愿意

---

* Paracelsus(1493—1541),瑞士医生、炼金术士,原名菲利普斯·奥里欧勒斯·德奥弗拉斯特·博姆巴斯茨·冯·霍恩海姆(Philippus Aureolus Theophrastus Bombastus von Hohenheim)。

在你的身边走完通向宝石之路。"

帕拉塞尔苏斯慢条斯理地说：

"道路就是宝石。起点也就是宝石。如果你不能理解这些话，那么你还没有开始理解呢。你走的每一步都将是目标。"

对方怀疑地看着他，讲话的声音都变了：

"但是，还有没有目标呢？"

帕拉塞尔苏斯笑了："诽谤我的人，他们很傻，人数也很多。他们说是没有的，说我是骗子。我不认为他们有理，但也不是不可能他就是一位受骗者。我知道是'有'一条道路。"

沉静了一会儿，对方又说："我准备跟你一起走这条路，即使我们必须走好多年。请让我穿越沙漠吧。让我看一眼那希望之圣地吧，哪怕只是在远处，哪怕星辰不让我踩到它。我希望在上路之前能看到一个证据。"

"什么时候？"帕拉塞尔苏斯不安地问。

"就是现在，"徒弟坚定地说。

他们开始时讲的是拉丁语，现在讲德语了。

那年轻人把玫瑰举在空中。

"大家都知道,"他说,"你能把一朵玫瑰烧掉,然后通过你的技艺,能让它从灰烬中重现出来。就让我做这个奇迹的见证人吧。我就求你这个,然后我会把自己的全部生命都献给你的。"

"你真是太轻信了,"师傅说。"我可不需要轻信,我苛求的是你的信念。"

对方坚持说:

"正是因为我不容易轻信,我才想亲眼看一看玫瑰如何被毁灭又如何复生。"

帕拉塞尔苏斯拿起玫瑰,一边讲一边舞动着。

"你真是轻信的人,"他说。"你说我能够摧毁玫瑰?"

"没有谁不能摧毁玫瑰,"徒弟说。

"你错了。你也许以为有什么东西可以回复到虚无?你认为天堂里的第一个亚当能摧毁哪怕是一朵花或一片草吗?"

"我们不是在天堂,"那小伙子固执地说。"这里,在月亮之下,一切都是生命有期的。"

帕拉塞尔苏斯站了起来。

"我们是在什么别的地方?你认为上帝会创造一个不是天

堂的地方？你认为堕落并不是指我们对自己已经在的天堂的无知？"

"玫瑰是可以烧掉的，"徒弟挑衅地说。

"火炉里倒还有火，"帕拉塞尔苏斯说。"如果你把这玫瑰抛入火中，你就认为被烧尽，就认为那灰烬是真的。我要对你说，玫瑰是永恒的，只是它的外表改变了。我只要说一句话，就能让你重新看到它。"

"一句话？"徒弟不解地问。"试管的火已经熄灭，蒸馏器也积满了灰尘。你怎么让它重现？"

帕拉塞尔苏斯难过地看着他。

"试管的火已经熄灭，"他重复着。"蒸馏器也积满了灰尘。在我漫长工作中的现在时刻，我要用别的工具。"

"我不敢再问是什么工具了，"对方狡猾或谦卑地说。

"我讲的是上帝创造天地，创造我们所生活的、原罪把我们遮住而不能看见的天堂时所用过的工具，我是指希伯来神秘学说所教诲我们的那些言辞。"

徒弟冷冷地说：

"我只求你给我显示玫瑰的消失和重现。我才不管你用的是蒸馏器还是什么样的言辞。"

帕拉塞尔苏斯考虑了一下,最后说:

"如果我这样做的话,你又会说那是你眼睛的魔力强加的印象。奇迹并不能产生你所寻找的信念:算了,还是放下那玫瑰吧。"

年轻人看着他,疑虑难消。师傅提高嗓门对他说:

"还有,你究竟是什么人,竟然来到师傅的家里,还要师傅显示奇迹?你做过什么事情可以享受这样的恩惠?"

对方发抖地说:

"我知道我什么事情也没有做过。我是以我将跟随你的身影好多年的名义,请求你让我先看到灰烬,然后是玫瑰。我没有任何别的所求。我将相信我眼见为实。"

他猛地抓起帕拉塞尔苏斯放在桌子上的肉红色的玫瑰,向火中一扔。那颜色不见了,只剩下一丁点灰烬。在一个无穷的瞬间,他等待着言辞,等待着奇迹的发生。

帕拉塞尔苏斯面不改色。他以令人奇怪的平稳语调说道:

"巴塞尔所有的医生和药剂师都说我是个骗子。也许他们是对的。曾经是玫瑰的灰烬就在那里,再也不会是玫瑰了。"

年轻人很难为情。帕拉塞尔苏斯是个吹牛大王或者只是个幻觉大师,而他则是跨进门槛的闯入者,现在还逼迫他承认他那著名的魔术般技艺都是空的。

他跪下身子说:

"我实在是不可饶恕。我缺少信念,这是上帝对信徒所要求的。就让它继续是灰烬吧。等我再坚强些的时候,我再回来做你的徒弟,在道路的尽头我将会看到玫瑰。"

他满怀热情地说着,但是这热情只是出于对一位年老师傅的怜悯,这位师傅是那么受人尊敬,那么遭受进攻,那么声名显赫,因此又是那么空洞无物。而他约翰·格里斯巴赫,算什么人物,竟然可以用他亵渎的手,发现在那假面的背后并没有任何人?

如果把金币留给他,那将会成为一种施舍。所以临走时他收起金币。帕拉塞尔苏斯送他到台阶跟前,对他说,这里永远欢迎他。大家都知道他俩不会再相见。

帕拉塞尔苏斯孑然一身。在熄灯前,在坐进疲倦的扶手椅前,他把一撮灰烬放在手中,低声说了一句话。玫瑰又复生了。

莎士比亚的记忆

有人迷恋歌德，迷恋《埃达》和稍晚的《尼伯龙根之歌》；而莎士比亚则是我的归宿，并且现在依然如此。不过，我的方式，除去一人以外，谁也不曾想到过，此人叫丹尼尔·索普，最近刚在比勒陀利亚死去。还有一个人我从未见过面。

我叫海尔曼·索格尔。好奇的读者也许已经翻阅过我的《莎士比亚年表》，那是为了更好地理解作品，有一次我觉得很有必要，就搞起来了。后来它被译成了各种语言，其中包括西班牙语。也许有的读者还记得，一七三四年西奥博尔德在评论莎士比亚的文章里提出了某种修改，从而引起了长期的争论。从那时起，他这篇文章也就成了无可争议的必读材料。今天读起来,那几乎不相干的文字的粗鲁风格使我吃惊不已。一九一四年,我写过一篇研究文章,但没有付印;那是关于古希腊研究家、剧作家乔治·查普曼为翻译荷马作品而生造的一些复合词。那些词,连他自己也不怀疑,是把英语又拖回到盎格鲁-撒克逊的起源里去了。这些词我现在已经忘了,可我从未想到,当时我竟然会很熟悉……几本用我名字的缩写签名的小册子,我想,那就是我的全部文学生涯。我不知道,如果再加上《麦克白》的一个未发表的版本是否合法,那是我为了不再去想我那个一九一七年在西线阵亡的兄弟奥托·朱利乌斯而着手写的。这一篇我没能写完,但我明白了英语好在有两个起源———一是日耳曼语,一是拉丁语;而我们的德语,尽管有更好的乐感,却只有一个起源。

我已经提到过丹尼尔·索普了,他是巴克利主任在一次莎士比亚讨论会上介绍给我的。我就不说什么地点和日期了,我非常清楚,这种细节实际上是含糊的。

比丹尼尔的外貌(我的半失明使我更容易忘记)更重要的是他众所周知的噩运。那么多年下来,一个人可以佯装许多东西,却不能佯装幸福。丹尼尔·索普,他的身上几乎散发着忧郁的气质。

开了很长时间的会以后，晚上我们随便在一个酒馆里坐了下来。为了让我们感觉到是在英国（其实我们就是在那里），我们用传统的锌合金大杯子痛饮着温温的黑啤酒。

"在旁遮普，"主任说，"有人指给我看一个乞丐的住处。伊斯兰有一个传说，称所罗门王有一个戒指，能使他听懂鸟类的语言。都说那戒指已经落入那个乞丐手中，因为那是无价之宝，他始终未能将它卖掉。后来，他死在拉合尔的瓦西尔汗清真寺的一个院子里。"

我想乔叟不会不知道那神奇戒指的故事，但是我没有提这件事，生怕会打断巴克利要讲的掌故。

"那么戒指呢？"我问。

"就像神奇的东西常常发生的那样，戒指不见了。也许，它还在那座清真寺的某个旮旯里，或者是在另一个人的手里，他住的地方没有鸟。"

"也许他那地方的鸟太多了，"我说。"讲的话都混在一起了。巴克利，你这个故事有点像寓言。"

丹尼尔·索普这时说话了。他像是不跟任何人讲话，也不看我们。他讲的英语很特别,我想这大概是由于他久居东方的缘故吧。

"这不是什么寓言,"他说。"如果真是寓言的话,那也是真的事实。有些东西就是因为过于值钱而无法卖掉。"

我想要说下去的还不如丹尼尔·索普说的话更令我信服。我们以为他还要再说些什么,但是他突然停住了,像是后悔了。巴克利告辞了,我与丹尼尔·索普一起回到旅馆。天已经很晚了,但他却提议我们在他房间继续谈下去。在闲聊了几句以后,他便对我说:

"我现在就把所罗门王的戒指送给你。当然,这是个比喻,可是这比喻所指的东西,其神奇的程度并不亚于那枚戒指。我要把莎士比亚的记忆,从他最早的幼年时期直到一六一六年四月初的记忆全都送给你。"

我一个字也没有吐出来。那情景像是要给我大海。

索普接着说:

"我不是在诈骗,也不是在发疯。我请你暂时不要发表意见,听我把话讲完。主任也许跟你讲过,我是——或者说过去是——军医。故事说来很简短。那是在东方开始的。一天黎明，在一家野战医院，确切的日期并没有什么要紧，一个普通士兵亚当·克莱身上中了两颗来复枪子弹，临终前用最后一口气把这珍贵的记忆交给了我。他可怕地挣扎着，高烧更是惊人。我将信将疑地接受了他的馈赠。反正经历了战争，什么也不稀奇了。他几乎没来得及给我介绍一下这宝贝礼物的不凡之处。说是拥有这东西的人必须大声地把它献出来，而另一个人则必须大声地接受它。这样献出东西的人才会永远地失去这件东西。"

那士兵的名字和那痛苦的交接场面，我觉得很有点文学色彩，不过是这个词的贬义而已。

我有点胆战心惊地问道：

"那么说，你现在就有莎士比亚的记忆？"

索普答道：

"我还有两套记忆呢！一套是我自己的，另一套是那个莎士比亚的，他的一部分就是我本人。更确切地说，是那两套记忆拥有我。有一个区域两种记忆会相混。还有一张女人的脸，我不知道该算是哪个世纪的。"

我于是问他："那么你用莎士比亚的记忆做了什么呢？"

一阵沉默以后他说：

"我写了一部传记小说，它引起了评论界的蔑视，但在美国和一些殖民地却取得某种商业的成功。我想，就这点。我提醒过你了，我要给你的礼物可不是个清闲的美差。我还在等着你的回答呢。"

我沉思起来，我不是早已将我平淡无奇的一生，用于寻找莎士比亚了吗？这不是正好一天寻找下来碰上了他吗？

我一字一句很认真地说道：

"我收下莎士比亚的记忆。"

毫无疑问，是发生了一些什么事情，但我并没有觉察到。

几乎是刚开始就觉得有点疲倦，也许只是想象。

我清楚地记得索普在对我说：

"那记忆已进入了你的知觉，但是必须把它找出来。它会在做梦时、在夜间工作时、在翻阅一本书或拐过一个街角时浮现出来。你不要性急，不要自己去编造什么回忆。根据它神秘的方式，运气会促进或推迟它的浮现。随着我一点点地淡忘，你就会一点点地记住它的，我也不给你许下一个期限。"

晚上剩下的时间我们就用来讨论夏洛克的性格。我没有问他莎士比亚是否跟犹太人打过交道。我不希望索普会以为我在考验他。不知道是宽慰还是一种不安，我发现他的意见跟我的一样，具有学术性和传统性。

尽管前一夜没睡，可第二天夜里我仍未能睡着。像以往一样，我发现自己是个胆小鬼，因为怕失败而不敢大胆期望。我想把索普的礼物看做是虚幻的。一种期望不可抵御地占了我的上风。莎士比亚即将是我的了，就像在爱情、在友谊甚至仇恨等等方面，谁都不一定是谁的一样。从某种意义上来说，我就是莎士比亚。我不准备去写悲剧或难懂的十四行诗，但是我将记住那巫婆或命运三女神出现在我面前的那个瞬间，我还将记住给我那些宏大诗句的另一个瞬间：

将这厌世的肉体
从噩兆的束缚下解脱出来

我想起那个女人就想起很多年前的安妮·哈瑟维[1]，那时

---

[1] Anne Hathaway（1556—1623），莎士比亚的妻子。

她已成年,在吕贝克公寓的一间屋子里她教我做爱。(我曾设法回忆她,但是我只回想起墙纸,是黄颜色的,还有来自窗子的亮光。这第一次失败或许是在提前告诉我别的失败吧。)

我曾要求那奇异的回忆能首先提供看得见的形象。事实并非如此。几天以后,我在刮脸时对着镜子说了一些话,这些话使我很吃惊,正如一位同事告诉我的,这些话属于乔叟的短诗《ABC》。一天下午,当我走出大英博物馆时,我竟用口哨吹出了一段简单却从未听到过的曲子。

读者也许已经发现,那记忆的第一批反应具有一个共同的特点,那就是,尽管有着某些比喻的光彩,但更多的是听觉而不是视觉的。

德·昆西说人脑就像一个隐迹纸本子,每次写的东西会盖住上一次写的,这一次的又会被下一次的盖住。但是,只要给以充分的刺激,万能的记忆就能哪怕只是在一瞬间,把任何印象都追忆出来。根据莎士比亚的遗嘱,在他家没有留下一本书,连《圣经》也没有。但是,没人不知道他常读哪些人的书:乔叟、高尔、斯宾塞、克里斯托弗·马洛。还有霍林希德[1]的《编年史》、弗洛里奥[2]的蒙田、诺思的普鲁塔克[3]等等。我潜在地拥有莎士比亚的记忆；阅读，也就是反复地阅读那些古老的书卷。这就是我所寻找的刺激。我也重读了他的十四行诗，那是他最近的作品。有时我能得到解释或者说很多解释。好诗会激励人高声朗读它。几天后，我就轻而易举地学会了十六世纪时刺耳的"r"音和口张得很大的元音。

我在《德意志语言文学》杂志里写道，第一百二十七首十四行诗讲的是无敌舰队[4]难忘的失败。我没想起早在一八九九年塞缪尔·巴特勒就已得出过这个结论。

对埃文河畔斯特拉特福镇[5]的一次访问，如预料的那样，

---

1 Raphael Holinshed（约1525—1580），英国史学家，以《英格兰、苏格兰、爱尔兰编年史》闻名，莎士比亚悲剧《麦克白》《李尔王》以及多部历史剧从此书取材。
2 John Florio（1553—1625），英国语言学家、词典纂家，蒙田随笔的首位英文译者，据推测是莎士比亚的朋友，对其创作有影响。
3 Plutarch（约46—120），希腊传记作家、伦理学家，主要作品有《希腊罗马名人传》《道德论丛》等。诺思（Sir Thomas North, 1535—1604），英国翻译家，普鲁塔克《希腊罗马名人传》的英文译者，据考证莎士比亚多部剧作取材于他的译本。
4 指16世纪西班牙的舰队。
5 英国地名，莎士比亚的故乡。

没有什么结果。

后来我的梦渐渐地变了。我遇到的不再是德·昆西遇到的那样离奇古怪的噩梦,也不是他的老师让·保罗[1]那样寓言式的慈悲场面。进入我夜梦的都是些陌生的面孔和房间。我认出的第一个面孔是查普曼的,接下来是本·琼森和他的一个邻居的。后者在传记上找不到,莎士比亚却经常见到他。

获得一本百科全书的人并没有掌握其中的每一行、每一段、每一页或每一幅插图,而只是获得了认识其中内容的可能性。如果它能在一个具体的、比较简单的、各部分按字母顺序排列的东西上发生的话,那么为什么就不能发生在抽象的、变化的、波浪形的和多种多样的东西上,例如对死者的魔幻般的记忆上呢?

谁也不可能把他的全部过去包括在一瞬间。我所了解的莎士比亚也好,或作为他部分继承人的我也好,都没有这种

---

[1] 即约翰·保罗·弗里德里希·里希特(Johann Paul Friedrich Richter, 1763—1825),德国作家,出于对法国思想家、作家让-雅克·卢梭的推崇用笔名让·保罗(Jean Paul)。

本领。人的记忆并不是一种加法,它是意义不明确的各种可能性的混合。如果我没有记错的话,圣奥古斯丁谈到过记忆的宫殿和洞穴。我认为这第二个比喻更有道理,我就是坠入了这样的洞穴。

像我们的记忆一样,莎士比亚的记忆里也有一些区域是他自愿放弃的,是大片大片的阴影区域。我记得,本·琼森曾多少有些荒唐地让他背诵拉丁文和希腊文的六音步诗,而莎士比亚的耳朵,他无与伦比的耳朵常常搞错相当多的句子,引起同伴们的放声大笑。

我知道给人们带来共同经验的走运或倒运是什么样子的。在我不知不觉之中,那漫长的、潜心研究的孤独已把我锻炼得足以驯顺地接受奇迹的发生。

大约三十天后,那位故去的人的记忆开始鼓动我。在奇异、幸福的一个星期中,我几乎觉得自己就是莎士比亚了。对我来说,他那些作品都更新了。我知道"luna"[1]。这个词对于莎士比亚来说不如"Diana"[2],而"Diana"又不如那个暗淡

---

[1] 西班牙语,月亮。
[2] 即狄安娜,罗马神话中的月亮女神。

的、显得冗长的"moon"[1]。我还有另外一个发现，那就是莎士比亚明显的疏忽，即雨果辩解过的无穷无尽的空缺是故意的，他容忍或者故意插入是为了使舞台上的对白显得更自然，而不至于过分讲究和做作。正是这个原因使得他把各种比喻混在一起使用：

> 我的生命
> 已到了枯黄败叶般的境地。

一天早上，我在他的记忆深处找出一个错误，我不想确定这个错误，反正莎士比亚已经犯了。我只想宣布这个错误与堕落毫不相干。

我懂得，人类的三个能力——记忆、理解和意志——并非学究式的幻想。莎士比亚的记忆只可能给我反映他所处的环境。显然，这种环境并不等于诗人的特征，重要的是他运用这些变化无常的材料所创造出来的作品。

---

1 英语，月亮。

我也曾天真地打算像索普那样构思一本自传。但我很快就发现，写这类作品，需要作家具备的条件，我肯定不具备。我不会叙述，也不会讲自己的经历，我的经历要比莎士比亚的经历异乎寻常得多。更何况，这样一本书也没有什么用处。运气或者说命运给莎士比亚带来了许多可怕的事，这是人所共知的。他能把这些转化成寓言或者转化成比他梦见的灰色人更加生动的人物，或者转化成世代流传的诗歌、口头的音乐。我为什么要拆毁这张网，为什么要炸掉这座塔，为什么要把麦克白的声音和愤怒，变成一篇不足挂齿的自传或现实主义小说呢！

据了解，在德国，歌德是官方的崇拜对象；对莎士比亚的崇拜其实更加深入人心，并且它还总带有一些怀旧的味道（而在英国，莎士比亚离人民那么遥远，但他是官方的崇拜对象，代表英国的书是《圣经》）。

在这次冒险开始时，我感到了作为莎士比亚的幸福；到后来，则感到一种压抑和恐惧。起初，我的两套记忆井水不犯河水；然而随着时间的推移，莎士比亚这条大河的水威胁到我渺小的河水，几乎把我淹没。我惊恐地发现，我正在忘记父辈的语言。因为一个人的特点是以记忆为基础的，我的害怕有我的理由。

我的朋友们来看望我了。我感到惊讶的是他们竟然没觉察到我刚才在地狱待过。

我开始不能理解日常发生在我周围的事情了。一天早上，我在一个个铁的、木头的和玻璃的大家伙里迷路了。口哨声、欢呼声使我茫然。瞬刻之后（对我来说简直是无限长），我才认出不来梅车站的机车和车厢。

随着岁月的流逝，人人都被迫背上越来越重的记忆的负担。有两套记忆压在我的身上，它们有时相混：我自己的和一个无法沟通的人的。

斯宾诺莎写道，任何东西都想保持其形态，石头就想成为石头，老虎就想成为老虎；而我则想回去成为海尔曼·索格尔。

我已经忘了我是哪一天决定解脱自己的。我找到了一个最简单的办法。我在电话机上随便拨一些号码，一些孩子或是女人的声音在回答我。我想，我应该尊重他们。到最后，我终于听到了一个有教养的男人的声音，我说：

"你想要莎士比亚的记忆吗?我知道我想给你的东西是很严肃的。请你好好考虑一下吧。"

一个将信将疑的声音答道:

"我来冒这个险,我接受莎士比亚的记忆。"

我宣布了接受这东西的条件。奇怪的是,我怎么又想起我本该写而不让我写的那本书,同时我又害怕那位客人、那个鬼魂会永远不让我去完成它。

我挂上听筒,重复着无可奈何的话语,作为一种希望:"就是我现在这样子将使我活下去。"

我曾设想过如何唤醒那古老记忆的办法,我还曾不得不去寻找抹掉这种记忆的办法。这么多办法中有一个就是研究威廉·布莱克的神话,他是斯维登堡不听话的学生。但我发现他没有简化,反而搞复杂了。

这条路,还有别的路都行不通:都把我们带回到莎士比亚那里。

最后,我总算找到了让期待遍地生根的唯一办法,那就是听巴赫严谨而宏大的音乐。

又记。一九二四年——我又回到了人间。夜间工作时，我是资深教授海尔曼·索格尔。我管着一个卡片箱，写些轻松的博学文章。可是到黎明时，有时我知道，做梦的乃是另外一个人。每天下午，一些细小的回忆有时会闪过我的脑海，也许它们是真的。

JORGE LUIS BORGES
El libro de arena
La memoria de Shakespeare

Copyright © 1996 by María Kodama
All rights reserved

图字：09-2010-605号

图书在版编目（CIP）数据

莎士比亚的记忆／(阿根廷) 豪尔赫·路易斯·博尔赫斯著；王永年，陈泉译. —上海：上海译文出版社，2023.5
（博尔赫斯全集）
ISBN 978-7-5327-9039-5

Ⅰ.①莎… Ⅱ.①豪… ②王… ③陈… Ⅲ.①短篇小说-小说集-阿根廷-现代 Ⅳ.①I783.45

中国国家版本馆CIP数据核字（2023）第041134号

| 莎士比亚的记忆
El libro de arena
La memoria de Shakespeare | JORGE LUIS BORGES
豪尔赫·路易斯·博尔赫斯 著
王永年 陈泉 译 | 责任编辑 周　冉
装帧设计 陆智昌 |

上海译文出版社有限公司出版、发行
网址：www.yiwen.com.cn
201101 上海市闵行区号景路159弄B座
杭州宏雅印刷有限公司印刷

开本850×1168　1/32　印张6.25　插页6　字数67,000
2023年5月第1版　2023年5月第1次印刷

ISBN 978-7-5327-9039-5/I·5618
定价：69.00元

本书中文简体字专有出版权归本社独家所有，非经本社同意不得转载、摘编或复制
如有质量问题，请与承印厂质量科联系。T: 0571-88855633